幼なじみ　お江戸縁切り帖

泉　ゆたか

集英社文庫

目次

幼なじみ　お江戸縁切り帖

第一章　カラス

1

陽《ひ》が傾くと一斉に虫の音が鳴り響く。

まだまだ夜風が熱を帯びる晩夏の夕暮れだ。

「さあさあ、夕ご飯ですよ。お奈々《なな》が手伝ってくれた胡瓜《きゅうり》の糠漬《ぬかづ》け、美味《おい》しくできたかしら？」

糸《いと》が小さな茶碗《ちゃわん》に山盛りの麦飯を差し出すと、奈々がうっとりと目を細めた。

「わあい、いただきます！　お糸ちゃん、毎度のことながらお世話になりっぱなしで失礼いたします。おとっつぁんも、お糸ちゃんにはじゅうぶんお礼を申し上げるようにとのことですよ」

胡瓜の糠漬けをこりこり齧《かじ》って、にんまりと笑う。

「これはこれは、よく漬かっております。この暑さの中、汗まみれになった身体《からだ》には、やっぱり塩気がいちばんですね。これはきっと、おとっつぁんも大喜びいたしますよ」

大口を開けて麦飯に喰《く》らいつく奈々に、糸は優しい目を向けた。

明暦《めいれき》の大火（一六五七年）で焼けたお江戸は、すごい速さで新しい町に生まれ変わろうとしている。狭い土地に長屋や店がひしめき合っていた入り組んだ町が、碁盤の目のように整ってゆく姿は心地好《よ》かった。

その分、大工たちは大忙しだ。暗くなってもなお、手元にたくさんの提灯《ちょうちん》を灯《とも》して普請を続ける者もいた。

奈々の父親の岩助《がんすけ》は、今日もまた帰りが遅い。

いつの間にかこんな夜は、長屋の隣の部屋の糸が齢《よわい》九つの奈々に夕飯を食べさせてやる決まりになっていた。

「そういえば、昼間、井戸端のところでお糸ちゃんを訪ねて来た男の人がいらっしゃいましたね。なかなか見栄えの良い方でしたが、お知り合いですか？　無事にお目にかかれましたか？」

奈々がもごもごと口を動かしながら訊《き》いた。

「えっ？　何のことかしら？　今日は代書のお客さんは来ていないけれど……」

糸は、寺社や大店《おおだな》で大切に保管されている書物を書き写す代書屋の仕事をしている。

最近は大火後の混乱もようやく落ち着いて、焼け残って煤《すす》で汚れてしまった本を、もう一度新品のように綺麗《きれい》な形に蘇《よみがえ》らせたいという贅沢《ぜいたく》な依頼も多い。

火事によってすべてを失い生きる希望を失ってしまった人がいる一方で、一刻も早く元の何不自由ない生活を取り戻そうと、躍起になって飛び回る人もいた。

「背がすらりと高く顔立ちが整った、色男の方でいらっしゃいましたよ。それでいて妙に人当たりが良くって……」

「そんな格好良い男の人なんて、ちっとも心あたりはないわ」

糸は首を傾《かし》げた。今日はほとんど一日中、家で写本の仕事をしていたが、訪れた人は誰もいない。

「妙ですねえ。『お糸の長屋ってのはここかい？　ちょっとあいつに用があってね』なんて、いかにも親し気な様子で話していらっしゃいましたが……」

奈々が首を捻《ひね》ったところで、戸口を叩《たた》く音がした。

「噂《うわさ》をすれば、色男のお出ましでございますね」

奈々が小さく握りこぶしを作って、うんっと頷《うなず》いた。茶碗に残った麦飯を慌てて掻《か》き込《こ》む。

「はいはい、どちら様ですか？」

夕飯を食べている間にすっかり日が暮れていた。開け放った窓から覗《のぞ》く暗い夜空に、灰色の雲がたなびくのが見える。

戸の向こうは静まり返っていた。

窓が開け放たれているのだから、こちらの声が聞こえなかったというわけではないだろう。

妙だな、と糸は眉を顰《ひそ》めた。

「どちら様ですか？　名乗っていただかなくては、戸は開けられませんよ」

どうやら知り合いが訪ねて来たわけではなさそうだ。

女のひとり住まいだ。先ほどよりも少し厳しい声を出す。

「……すみません」

泣き出しそうに震えたか細い男の声が、微《かす》かに聞こえた。

糸と奈々は顔を見合わせた。

「日中お会いしたお兄さんでございますね！　いったいどうして、そんなにしょぼくれたお声で……」

「ちょ、ちょっと、お奈々！」

奈々が糸の脇をすり抜けて、開け放った障子窓から身を乗り出した。と、「きゃっ」と叫んで飛び上がる。

「お糸ちゃん、違います！　いらしているのは、ぜんぜん別の方です！」

奈々が声を潜めて囁《ささや》いた。眉間に皺《しわ》を寄せて大きく首を横に振る。

「……すみません。私の名は、香蘭《こうらん》と申します。……すみません」

糸が恐る恐る戸を開けると、そこには獅子《しし》のように乱れた髪をしてぼろぼろに焼け焦げたような着物姿の男が、肩を落として立っていた。子供のように背が低く、痩せて青白い肌をしている。日が当たるうちに外に出ることはほとんどない生活を送っているのだろう。

男はほんの刹那、糸と目を合わせると、びくりと身を震わせて顔を伏せた。

「香蘭さん……でいらっしゃいますか？」

異国を思わせるまるで遊女のように華やかな名と、目の前のみすぼらしい身なりの男とは到底釣り合わない。

「ええ、私が香蘭です。日本橋で絵師をしております。……すみません」

香蘭は野良猫のように身を強張《こわば》らせて、周囲を忙《せわ》しなく見回す。

「こんな暗い時分にお糸ちゃんのところへいらしたということは、縁切りのご相談でございますね？」

奈々が香蘭の顔をじっと窺《うかが》いながら訊いた。

「ええ、そうです。私はあの方と縁切りをしたいのです。しなくてはならないのです。縁切り屋さん、どうか力を貸してください」

香蘭が奈々に向かって真剣な様子で答えた。切羽詰まったような早口だ。

「あの方とはどなたのことですか？　ご両親、お友達、それとも……想《おも》い人？」

香蘭はふっと笑った。

「今おっしゃった誰も、私には最初からありません。独りで生きて独りで死ぬのが私の人生です。私には絵さえあればそれで満足なのです。人との交わりなどいりません」

〝絵〟と言ったそのときだけ、香蘭の目に力強い光が宿った。

「へえっ、奈々でしたらそんな毎日、寂しくてたまらなくて泣いてしまいそうです」

奈々が無邪気に驚いた顔で糸を見上げる。

「それでは、どなたと縁切りをなさりたいんでしょうか？」

糸が訊くと、香蘭は急に影が差したような暗い表情になった。

「師匠です。私に絵を教えてくれた、梅雪《ばいせつ》師匠です」

香蘭が急に虫刺されの痒《かゆ》みを思い出したように、右手をぼりぼりと掻いた。

女のように華奢《きゃしゃ》な指は、墨が奥の奥まで沁《し》み込《こ》んで牛蒡《ごぼう》のように黒くなっていた。

2

「入江町《いりえちょう》にできた絵師の軒看板をご存じでしょうか？　頼まれれば枕絵《まくらえ》から番付の挿絵まで何でもあっという間に描く。それとさらに、いつか大作を描かせてくれる後ろ盾を求めている、と。そんなまとまりのないことがつらつらと書いてある看板です」

框《かまち》に腰掛けた香蘭が、苦虫を嚙《か》み潰《つぶ》したような顔をした。

「知っています！　四ツ角のところの象さまの看板でございますね！　大きく色鮮やか

で見事な象さまの絵が評判になっております！　大人も子供も、象さまが大好きですからね。このご時世、おそらく生きているうちに本物を見ることはできなそうですから、あの看板を拝めばそれだけでご利益がある、なんて噂も立っておりますよ」

　奈々が両手をぱちんと叩いた。

「あの絵を描いたのは、この私です。梅雪師匠が己の利のために、私の絵を勝手に看板に使ったのです」

「えっ？　それは、香蘭さんに何のことわりもなくですか？」

　糸が訊くと、香蘭は「もちろんですとも。後からも一言だって言ってきやしません。師匠はそういう無茶苦茶な人なんです」とむっとした顔をした。

「ずっと昔に私が師匠のところで描いた絵を、そっくりそのまま看板に描き写したんです。あたかも、あの絵を師匠自身がすべて描いたと誤解されるのを狙ってのことです」

　香蘭が膝を細かく揺すった。

「偶然、図柄が似てしまっただけ、ということはないんでしょうか？　絵の世界のことはあまりよくわかりませんが、似た構図のものはよく目にしますが……」

「そんな生易しいものじゃありません！　あなたは絵のことを何もわかっていない！」

　香蘭が急に大声を出した。

「は、はい。おっしゃるとおりです」

糸は慌てて素直に謝った。

「口で言うよりもその目でご覧いただいたほうが早い。この家に紙と筆はありますか?」

「もちろんですとも!」

奈々が目を輝かせて糸の文机《ふづくえ》に飛んで行った。

「お嬢さん、何を描きましょうか。どんなものでも構いませんよ」

香蘭が床に紙を敷いた。四《よ》つん這《ば》いになって腕まくりをする。

「ええっと、それでは、猫です! お隣のおイネ婆《ばあ》さまのところの、三匹の大きな三毛《みけ》猫《ねこ》を描いてくださいな」

「猫……三毛の猫」

香蘭は己の眉間に中指を当てた。

しばらく口の中で何やら呟《つぶや》きながら中指でとんとんと額を叩く。しばらくそうしていたかと思うと、ふいにかっと目を見開いた。

「よしきたっ!」

唸《うな》るように答えて、筆を手にさらさらと線を描く。

長屋の床には板の継ぎ目がいくつもあって、紙はでこぼこと波打っている。だがそんなことには一切頓着する様子はない。

「うわっ！　なんと見事な……」

　奈々が目を丸くして糸を見上げた。

　香蘭の描き出す線はあっという間に三匹の猫を形作る。三匹とも違う姿勢で、一匹は蝶《ちょう》を追いかけて走り回り、一匹は縁側でうつらうつら、ひときわ大きな一匹は仲間の姿を満足げに見守っている。

「三毛猫、三毛猫、三毛の猫。こっちは茶色で、こっちは黒さ……」

　香蘭はうわ言のように呟いて、猫たちの身体に模様を描く。三毛猫は白、黒、茶の三色の毛色が混ざって三毛となる。だが筆に含んだ墨の色は黒一色だ。

　それなのにほんの僅かな筆運びの違いで、三つの色が描き分けられているのがはっきりとわかる。

「まあお奈々、ほんとうに綺麗ね。絵師さんのお仕事というものを初めて見たわ。まるで夢かうつつか、己の目が信じられなくなりそう……」

　糸も思わずため息をついた。

「さあ、出来上がりです」

　香蘭が己の描いた絵を鋭い目で睨《にら》み付《つ》けて、うんっと頷いた。

「もっと、もっとお願いいたします！　今度は奈々のお顔を描いてくださいな！」

「こ、こら、お奈々。ご迷惑よ」

糸が押し留《おとど》めると、香蘭は現れたときとは人が変わったように血色が良くなった頬を緩めた。

「お安い御用ですよ。ちょいとこちらを向いてくださいな」

「はいっ！」

奈々が背筋を伸ばして口元をきりっと結ぶと、香蘭に向かい合った。

香蘭は顎を引いて奈々の顔をしげしげと眺めてから、ひとり合点したように頷いた。

獲物を見つけた鷹《たか》のように、瞳がきらりと輝く。

筆が水の中を泳ぐようにさらさらと進む。

「あっ！　まさかそんなっ！」

真剣な顔で筆の行く先を見つめていた奈々が、嬉《うれ》しそうな悲鳴を上げた。

香蘭の描く奈々は畏《かしこ》まって固まっている顔ではない。満面の笑みで外を駆け回る姿だ。奈々はまっすぐな手足をぐんぐん伸ばして、風の中を走る。その目の先には輝く光を放つものが映っているように見えた。

「……うっ、うっ」

急に奈々が口元を押さえて嗚咽《おえつ》を堪《こら》えた。

香蘭の描く、両手を広げた奈々の先には、奈々を抱き留めようと手を差し伸べる美しい女の姿があった。

「こ、これは、大火で亡くなったおっかさんでございます。香蘭さんは、どうして奈々のおっかさんの顔をご存じなんでしょう」

奈々がしゃくりあげながら訊いた。

「……ただの空想です。お嬢さんの顔を見れば、おっかさんの顔は想像できますからね」

香蘭は奈々の泣き顔に気付いているのかいないのか。ちらりとも振り返らずに筆を動かし続けた。

「私の才は、頭の中のものを描くことができることです。目の前にあるものを手本にせずとも、空想をそのまま描くことができます。つまりは、己ひとりがここにいるだけで良いのです。この才ばかりは、この世にはびこるいかなる絵師にも負けることはないと自負しています」

筆を置くと同時に、香蘭は糸に顔を向けた。

「梅雪師匠の象さまの絵の看板は、香蘭さんでなくては決して描けないものなんですね」

糸の言葉に、香蘭は暗い顔をして頷いた。

「おかげさまで私のところへは、引きも切らずに絵の注文が舞い込んできます。お江戸の人々は、私の絵を唯一無二のものと認めてくれているのです。しかし師匠は、香蘭に絵の技を授けたのは自分だと触れ回っています。挙句の果てが、私の絵を勝手に使って金儲《かねもう》けの道具にしようとしているのです。もう我慢なりません」

香蘭にその絵の技を授けてくれたのはまさに梅雪師匠その人なのではないか、と喉元まで出かかった。

だが、香蘭は少しも間違ったところはないという自信に満ちた顔つきで、いかにも迷惑そうにしている。

「梅雪師匠は、そんなにお金に困っていらっしゃるんですか?」

けろっと泣き止《や》んだ奈々が、大人びた顔で訊いた。涙は嘘《うそ》のように止まっているが、その指先は香蘭の描いた母娘の絵の端っこを大事そうに撫《な》でている。

「大火で住んでいた長屋が焼けて、しばらくはお救い小屋の世話になっていたようです。このところようやく住む家を見つけたと聞きます。日々の暮らしに相当困って、絵師の看板を掛けたのであろうことは間違いありません。けれどずいぶん昔から、あの人がお金に困っていなかったことなんてありませんでしたけれどね」

香蘭が蔑むように言った。

「ここしばらくは、梅雪師匠には会っていらっしゃらなかったんですか?」

糸が訊くと、香蘭はこくりと頷いた。

「私が己の名で絵を描くようになってからは、師匠とはできる限り間を置いていました。

あの人は、何かと私を宴席に引っ張り出して自慢話に使おうとしたり、はたまた大きな評判となった私の作品に『こんなものは糞《くそ》だ』なんて聞くに堪えない暴言を吐いたりと、もう付き合いきれないと思うことが多くありまして……」

香蘭がうんざりしたように目を回してみせた。

「私は絵師としてとっくにひとり立ちすることができています。これ以上、いいように使われるのはまっぴらです。お糸さん、どうぞ〝縁切り状〟を書いてください」

香蘭が深々と頭を下げた。

3

朝の陽ざしを浴びた蟬《せみ》たちが、じわじわと腕慣らしのように羽を震わせ始める。

長屋の路地に朝飯の味噌汁《みそしる》の良い匂いが漂う。

「はいはい、おかえり。朝飯だね。わかっているよ。ああもう、うるさいねえ、がっつくんじゃないよ」

左隣の部屋の戸が開いて、イネの無愛想な声が聞こえる。それに重なるように三匹の猫が太い大きな声で鳴く。

「おイネさん、おはようございます。今日も暑くなりそうですね」

糸は桶《おけ》を手に外に出た。

早朝の風は、まだ僅かに涼を含んでいる。だが真っ青な空には綿の実のようにもこもこした雲が輝いている。まごうことなき真夏の空だ。

「ああ、お糸、おはよう。昨夜は、ずいぶんな無理難題を押し付けられたもんだね」

糸の左隣に暮らすイネが、皺くちゃの口の片端だけを上げて笑う。欠けた器に魚のアラを山盛りにして、猫たちに差し出している。

壁の薄いこの長屋は、両隣の音がほとんど筒抜けだ。それに加えて昨夜は窓を開け放していたので、糸の部屋を訪れた客のことをイネは何から何まで承知しているのだろう。

「あの文面でほんとうによかったのでしょうか。お弟子さんがお師匠さんへの縁切り状だなんて、どんなものなのか想像がつかなくて……」

夫婦が縁を切る離縁状ならば、俗に三下《みくだ》り半《はん》と呼ばれる決まった形はある。だがそれ以外の縁切りの場面では、糸は基本的に客の言うとおりの文面をそのまま書くと決めていた。

どちらがいいと思う？　などと訊かれれば一応答えるが、糸のほうからこんな文面が良いと思いますよ、などと勧めることは決してしない。

ただ〝縁切り状〟の代筆をするだけでさえ、縺《もつ》れ合った情の渦の中に片足を踏み入れる大仕事だ。できる限り深入りしないように、と常に己に言い聞かせているつもりだった。

〈梅雪師匠へ　もう私には構わないでください　私が弟子だったことを自慢しないでください　確かに師匠に教わったことは多くありますが、すべてが師匠の功績だとは思いません　象の絵は差し上げます　ですがもう二度と、人前で私の名を出さないでくださ い〉

香蘭が天井を見上げながらぽつぽつ呟く子供のように拙《つたな》い言葉を、心を無にして丁寧に綴《つづ》った。

「じゅうぶん、いいお文《ふみ》だったよ。いかにも恩知らずの甘ったれらしい、いい文言さ」

イネがぎくりとすることを言う。

「恩知らずの甘ったれ……って。おイネさんは香蘭さんのことをそう思われましたか？」

香蘭が物陰からふいに現れるはずはないと思っても、声がぐんと低くなる。

「何を今さら。あんただってそう思っただろう？」

イネが、けっと喉を鳴らして笑う。

「でも、梅雪師匠に勝手に己の絵を使われて、香蘭さんが納得いかない気持ちはわかるんです」

「まあ確かに、梅雪って男も、噂通りならばなかなか面倒な奴《やつ》だからねえ」

「おイネさん、梅雪師匠をご存じなんですか？」

「絵師の梅雪だろ？　知っているに決まっているさ。錦絵《にしきえ》の名手だよ。私が若い頃には芝居小屋で売っている錦絵っていえば、梅雪の筆って決まりだったさ。それにあいつはとんでもない無頼漢の遊び人でね、たくさんの女が泣かされたって。その顛末《てんまつ》は、どこぞで芝居にもなったとかならないとか。とにかく、ひと時はお江戸の流行《はやり》を背負っていたのは梅雪だった、ってのは間違いないさ」

「梅雪師匠は、そんなに有名な方だったんですね」

　すっかり梅雪のことをうっとうしがっている香蘭の口ぶりからは、ちっとも想像できなかった。

「もっとも人気が落ちてからは、いったい何をやっているのかまったく知らないけれどねえ。まだ生きていたって聞いて驚いたよ。もう七十を過ぎているはずだよ。古今東西、遊び人ってのは若いうちにくたばらなきゃいけない、って決まりだったはずだけれどねえ」

　イネはわざと意地悪そうな顔で、はて、と呟いてみせた。

「梅雪師匠は、どうして人気が落ちてしまったんでしょう？　何か理由があったんでしょうか？」

「お糸ってのは時々、びっくりするくらいつまらないことを訊いてくる子だねえ」

　イネが目を丸くして糸に向き直った。

「えっ？」

「人気が落ちたのに理由なんてあるはずないさ。齢《とし》を重ねて才が衰える時期が来て、梅雪の周りからは人が去った。それだけのことさ。猫たちと同じだよ。どれだけ家来を従えている強い猫大将だって、よぼよぼの年寄りになったらひとりぼっちだろう？」

イネがさらっと言い放った。と、右隣の戸が勢いよく開く。

「おイネ婆さま、お糸ちゃん、おはようございます！　今日は、おイネ婆さまに素敵な贈り物がございますよ」

奈々が一枚の絵を大事そうに胸元に当てて駆け寄ってきた。

昨夜、香蘭が描いた三匹の猫の絵だ。

「久しぶりにいらした、縁切り屋のお客さまです。もちろん聞き耳を立てていましたでしょう？　おイネ婆さまは、可愛《かわい》らしい猫の絵の実物を見たくて、うずうずされていると思いまして……」

「へえ、私にくれるのかい？　ありがとうよ。あんたはまったくいい子だねえ。どれどれ」

イネが奈々から手渡された絵を覗き込んだ。

と、イネの眉間に深い皺が寄る。

先ほどまでの話しぶりから、イネが香蘭にあまり良い印象を持っていないことはわかっていた。だが、せっかく奈々がイネに贈ってくれたものだ。「こんなものいらないよ」なんて毒口を叩かずに、にこやかに受け取ってくれたとほっとしていたのに――。

「この絵は、香蘭の頭の中のものを描いたって言っていたね？」

「ええ、そうです。香蘭さんは己の想像したものを、あたかも実際に目にしたかのように描けてしまう才があるんです」

奈々が己のことのように胸を張って答えた。

「それは嘘だね。ほら見てごらんよ。この子たちの柄。そっくりそのまま同じじゃないか。まさに目で見たまま、ってのはこのことだよ」

イネが香蘭の絵を、足元で朝ご飯に齧りついている猫たちの上で示した。

イネの言うとおり、絵の中の猫の柄は、目の前の猫たちを寸分違《たが》わず写し取ったように同じだ。

「これはいったい、どういうことでしょう……」

奈々が、困惑した顔で糸とイネを交互に見上げた。

4

「お糸ちゃん、たいへんです！」

昼下がり、糸が風鈴の音を聞きながら写本の仕事に精を出していると、汗まみれになった奈々が飛び込んできた。

「まあ、どうしたの？　そんなに慌てて」

　糸が筆を置く間も惜しむように、奈々が糸の手をぐいっと引く。

「すぐに入江町へ一緒に来てください！　見ていただきたいものがあります！」

　陽炎《かげろう》が立つような炎天下の中、奈々に引きずられるようにして入江町へ向かった。

　四ツ角には、人だかりができていた。

　美しい筆運びの象の絵。これが香蘭の言っていた、梅雪師匠が勝手に掲げた香蘭の絵の看板なのだろう。

　その横に、さらにいくつもの絵が貼ってある。まだ墨の乾ききっていない真新しいものだ。竜に麒麟《きりん》に妖怪に幽霊……。どれもこの世に実在しない、空想上のものを描いたのに他ならない。

「こんな絵を描ける者が、この世にいるなんてな」

「ずいぶん昔に名を馳《は》せた梅雪、って絵師だろう？　古希を過ぎて返り咲いた、って話だな。これは評判になるぞ」

　集まった人々が熱っぽい口調で言葉を交わす。

「ねえ、お奈々、これって……」

「そうです、己の頭の中のものを描く才においては他に並ぶものはどこにもいない。香蘭さんの作品に違いありません」

奈々が糸を見上げてうんっと頷いた。

「なんだ、なんだ、皆さんお集まりでどうされましたかな?」

ふいに背後から、満足げな声が聞こえた。

振り返ると、ひとりの老人が両腕を前で組んで、ゆっくりと皆に目を巡らせる。白い顎髭《あごひげ》を胸元まで蓄え、どこで売っているのかと訊きたくなる目も覚めるような真っ赤な小袖を着た老人だ。声はしわがれて口調はのんびりとしているが、背が高く背筋は伸びて眼光は鋭い。

「梅雪、まったく見事なもんだ! 見直したぞ!」

誰かが声を掛けた。

「お世辞なんていらねえよ。若い時分に聞き飽きたさ」

梅雪はいかにもつまらなそうにふっと笑った。だがその目には溢《あふ》れんばかりの自負が見て取れた。

「この絵を描いたのは、ほんとうに梅雪師匠なのでしょうか?」

奈々が急に口を開いた。

「何だと?」

梅雪の眉が険しく尖《とが》った。

「お奈々、急に何を言い出すの？　こんなにたくさんの人たちがいるところで……」

糸は慌てて周囲を見回した。

「お嬢ちゃん、当たり前だろう？　これは梅雪の看板さ。梅雪以外の誰かの筆のものをここに貼り付けるはずがないだろう」

人々は奈々の言葉に、苦笑いを浮かべている。

「お奈々と言ったな？　私の絵に文句があるなら、家で話を聞こうか」

梅雪が奈々を睨み付けた。見開いた瞳の眼光は竜の目を思わせる。

「はいっ、ぜひお家に通していただけましたらと。こちらにいらっしゃるのはお糸ちゃん、縁切り屋さんでございます」

奈々が糸を手で示した。

「糸と申します。もう、奈々、なんでいきなり……」

ああ、また面倒事に巻き込まれてしまう。糸は頭を抱える心持ちで、後ろから奈々のお尻をぺんと叩いた。

「そうか、縁切り屋か」

梅雪がふいに合点したように頷いた。糸に向き合うと、じっと射るような目でその表情を窺う。

「ついて来い。私の言い分を聞いてもらおうじゃないか」

梅雪は低い声で言うと、己の看板を見上げた。

5

「香蘭を育てたのはこの私だ。香蘭本人が何と言おうとも、それは決して変わらない」

梅雪の部屋は、何の変哲もない九尺二間《くしやくにけん》の長屋の一部屋だ。糸や奈々が暮らしている長屋と大きさはたいして変わらない。

だが壁一面が大きな棚になっていて、絵具や絵筆など細かい絵の道具がびっしりと並んでいた。

壁には墨の飛び散った跡がいくつもあったが、それ以外は男のひとり住まいとは思えないくらい整った綺麗な部屋だ。

糸はしばらく考えてから、この家には着替えや炊事の道具といった人の暮らしを思わせるものがすべて取り去られているのだと気付いた。

よく見ると、梅雪の真っ赤な着物の襟もとは黒く汚れていた。着物はこの一着しか持っておらず、着たきり雀《すずめ》に違いない。

「弟子が師匠に縁切りを言い渡すなんて、そんな手前勝手な話は許されない。弟子だと思うからこそ、門外不出の秘技を惜しみなく授けてきた。手前の名が売れてきた途端にたったひとりでここまで育ったような顔をするなんて、そんな与太話《よたばなし》を受け入れるつもりは一切ない」

梅雪はきっぱりと言い切った。

「では、これからも香蘭さんの絵を勝手に使い続けるということですか？」

奈々が身を乗り出した。

「あれは、香蘭の絵ではない。私の筆で描いた私の絵だ」

梅雪は口元を尖らせた。

「でも、図柄は香蘭さんの着想ですよね？　もし使おうとするならば、香蘭さんに相応のお代を払うべきです。そして、この図柄は香蘭さんのものだと、きちんと但し書きを……」

「なぜ私が香蘭に金を払わなくてはいけない？　行き場のなかった香蘭に、飯と寝床を与えてやって住み込みで面倒をみてやったのはこの私だ。師匠というものは、どれほど貧することがあろうとも、ただ草葉の陰で弟子の成功を祈り続けてさえいれば幸せだろうというのか？　生憎《あいにく》私は、そんな菩薩《ぼさつ》さまのような立派な心は持ち合わせていないな」

むっとしたようにそっぽを向く。

「梅雪師匠は、お金に困っていらっしゃるんですか？　この立派な棚と道具を見ると、とてもそうとは思えませんが……」

　奈々がほうっとため息をついて、天井まで届く棚を見上げた。きっと大工にわざわざ命じて作らせた棚だ。綺麗に並んだ細かい道具のどれもが、そこらでは見たこともない珍しいものばかりだ。

　と、戸口を叩く音がした。

「梅雪、梅雪、いるんだろう？」

　乱暴な男の声だ。

「たいへんだ！　隠れろっ！」

　梅雪がそれまでの老人らしい落ち着いた物腰から打って変わったように、その場で跳ね上がった。

「こっちだ！　急げっ！」

　梅雪は軽々と床板を外して、糸と奈々を手招きした。

　何が何やらわからないまま引きずられるように暗い床下に下りると、梅雪が「いいか、一言たりとも声を出すんじゃないぞ」と真剣な顔をしてから、板を頭上にごとんと戻した。

「梅雪、いるんだろう？　居留守は許さねえぜ！　戸を開けさせてもらうぞ！」

　勢いよく戸が開く音がした。

「あれっ？　おかしいな……」

男が土足のまま板の間に上がったようだ。糸の頭上で苛立《いらだ》ったように歩き回る足音が聞こえる。埃《ほこり》がぱらぱらと落ちた。

「あの野郎、また逃げやがったな。今度という今度は、ただじゃおかねえ。見つけたら簀《す》巻《ま》きにして川に沈めてやらあ！」

奈々がひっと声を上げそうになったところで、梅雪が慌てて掌《てのひら》で口を押さえた。暗闇の中で奈々を安心させようとしてか、大丈夫、大丈夫、とでも言うようにおどけた様子でくるくると首を振ってみせる。

厳《いか》めしい偏屈者に見えていたが、意外に子供の扱いが上手《うま》い。かつてたくさんの浮名《うきな》を流した遊び人、という人たらしの姿がどこか目に浮かぶようだ。

男はしばらく部屋の中をうろついてから、「畜生！」と一声叫んで去っていった。

「梅雪師匠、今の人は、いったい誰ですか？　お奈々、ちょっとそのまま動かないでね。手拭いで拭いてあげるから」

ようやく床下から外に出て、糸は身体中に付いた埃を叩きながら訊いた。

「お察しのとおり、金貸しさ。私は生まれつき、金勘定ってもんが苦手でな」

梅雪が決まり悪そうに頭を掻いた。

「金貸し、といっても、ずいぶんと危ない様子の人に見えましたが……」

糸は奈々の顔を手拭いで拭いてやってから、ぎゅっと抱き寄せた。

「ああ、それは仕方ない。もうこのお江戸で私に金を貸してくれる者は、あいつのような潜りの奴しかいないのだ。なぜなら私は、借りた金を返したことは一度もないからな」

けろっと平気な顔をしている。

「もしかして、香蘭さんにお金を無心したこともあるのですか？」

奈々が呆《あき》れた様子で訊いた。

「無心という言い方は違う。ただ金を貸してくれと頼んだだけだ。いつの日か私の絵が売れる日が来れば、必ず返す、とな」

金を返したことは一度もないと言ったばかりのその口だ。奈々と糸は顔を見合わせた。

「床板を元に戻すから、ちょいと脇にどいていておくれよ。よっこいしょっと」

梅雪が先ほどの素早い仕草が嘘だったように、いかにも面倒臭そうに床板を持ち上げる。

「こんなお師匠さまでしたら、さすがに煙たくもなりますね。奈々も、大きくなって立派になってからそんな無茶を言ってくる大人がおりましたら、縁切りだって考えるかも――。あっ！」

ひそひそ声で耳打ちしていた奈々が、急に大きな声を上げた。

「お糸ちゃん、見てください！　なんて素敵な……」

奈々の顔に明るい笑みが浮かぶ。

「おうっ？　ああ、これかい。なかなか悪くねえだろう？　身を隠している間ってのは、暇で仕方ねえもんでな」

梅雪が外したまま持っていた床板の裏を示した。

そこには墨一色で描かれた花畑が一面に広がっていた。

どこにも色がないのに、青々とした緑の中に黄色い花が咲き誇る、菜の花の花畑だというのがはっきりとわかる。

汚れた真っ赤な着物を着た借金まみれの老人が、これほどまでに繊細で可愛らしい絵を描いているということがにわかには信じられない。

「梅雪師匠は、絵がとてもとてもお上手なんですね……」

奈々が熱に浮かされたようにぼんやりと呟いた。

6

寝苦しい夜だ。

閉め切っていては蒸し風呂になってしまうと、窓を開け放った。だがその窓からはまるで熱の帯が流れ込んでくるような気がする。

加えて蚊帳《かや》のほんの僅かな隙間を潜《くぐ》って、蚊が忍び込んできたようだ。

糸はふくらはぎをぽりぽりと掻きながら、「ううん」と唸ってうっすらと目を開いた。

長屋の皆の、この暑さに苛立ったような大きな鼾《いびき》がそこかしこから聞こえている。

「ああ、おっかさん、よくぞご無事で……」

右隣の部屋から、奈々の可愛らしい寝言が聞こえた。

糸の脳裏に、香蘭が描いた奈々の母の姿が蘇る。奈々によく似た、垂れ目で優しい顔立ちの女だった。華奢で儚《はかな》げに見えたが、腕と首だけは、子を持つ母らしく丸々と太い。慈愛に満ちた頼もしい母の姿だった。

奈々は、大火で母を失ったときのことを決して話さない。

こちらから訊くことではないとはわかっていたが、それだけ奈々の心の傷は深いのだと思うと、いつも利発で明るい姿が不憫《ふびん》にも思えた。

「わあ、おっかさん、うふふ……」

奈々のうっとりと甘い声に、糸は眉を下げて小さく微笑《ほほえ》んだ。

明日は奈々の好きなお団子を買いに外へ連れ出してやろう、と思う。

「カアッ！　カアッ！」

耳元でがなり立てられたような大きな音に、思わず「きゃっ！」と叫んだ。

飛び起きて周囲を見回す。

「いったい何ごとなの？」

蚊帳が大きく揺れている。まるで波の中に放り込まれたようだ。まさか大地震か、と身構えるが、窓の外からは長屋の住人たちの呑気《のんき》な鼾が続いていた。

蚊帳の中で、何か大きな黒いものが飛んでいるのだ。

大きな黒い鳥――カラスだ。ばさばさと羽音が聞こえるたびに、太くて硬い真っ黒な羽が後から後から落ちてくる。

「ちょ、ちょっと、やめて！　蚊帳が落っこちてくるわ！」

糸は慌てて蚊帳から飛び出した。

「もう、いったいどこから迷い込んだの？　早く出なさいな」

夢うつつの時にこんな大騒動が起きるなんて。心ノ臓が止まるような心持ちがした。

糸が蚊帳の端を頭の上に持ち上げて、「はやく、はやく」と声を掛けると、カラスはようやく出口に気付いた様子で床に下りた。

まるでふざけているように、ぴょんぴょんと軽い足取りで跳ねながら、蚊帳を潜って外へ出る。

そのまますぐに窓から飛んでいくかと思ったが、幾度も忙しなく小首を傾げながら糸のほうをじっと見つめている。

「なあに？　どうかしたの？　早く行きなさい」

言いかけてから、はっとする。

カラスがそこだけまるで人が乗り移ったような仕草で、きっぱりと首を横に振ったのだ。

このカラスは、梅雪の心に残った〝生霊《いきりょう》〟だ。

「……梅雪師匠、ですか？」

カラスは糸の言葉の意味を考えるようにしばらく動きを止めてから、違う、違う、とでも言うようにまた首をくるくる横に振った。

そのおどけた仕草には見覚えがあった。

床下に潜んでいたときに、金貸しに怯《おび》えて声を出しそうになってしまった奈々に、大丈夫、大丈夫と笑って首を振ってみせた仕草だ。

カラスは気まずい心持ちを誤魔化すように、糸の部屋の中をぴょんぴょんと跳ね回る。

大きな爪のかしゃかしゃと鳴る音。おっとっと、とわざと足を縺れさせてみせる。

時折思い出したように羽搏《はばた》く羽音は、ばさりばさりと力強かった。

カラスはちらりちらりと振り返っては、糸の様子を窺っている。

「梅雪師匠、香蘭さんのことが気になっているんですね？」

カラスの動きがぴたりと止まった。

糸に向き直ると、真っ黒な瞳を艶々《つやつや》させて、真顔で「そんなことはない」というようにまた首を横に振る。

カラスらしからぬその仕草があまりにも可笑《おか》しくて、糸はふっと笑みを零《こぼ》した。

梅雪というのは不思議な男だ。

金にだらしなく偏屈で、お世辞にも立派なお師匠さんとは言えない。

だが床板の裏に描かれたあの見事な菜の花畑を目にしてしまうと、皆の心を奪うとんでもない絵の才があることは一目でわかる。素人の糸でさえそう思うのだから、少しでも絵の道を志すものならば、喉から手が出るほど羨ましく思うに違いなかった。

そんな梅雪が、なぜ弟子の図柄を勝手に使うなんて浅ましい真似《まね》をしたのか……。

「梅雪師匠、いえ、カラスさん。わかりました。あなたのことを、香蘭さんにお伝えしますよ」

糸が呟くと、カラスが「カーッ！」と興奮の声を上げて、その場でばさばさと羽搏いた。

勢いをつけて宙に舞い上がる。と、カラスの姿はまるで幻のように消え去った。

7

「買い喰いというのはたまには良いものでございますね。ただお団子一本齧りながら歩いているだけで、普段の街並みがまるでお祭りの縁日のように見えます」

奈々が醬油《しょうゆ》の団子を頰張りながら、糸と握り合った手にぐっと力を込めた。

「あら、いけない。お行儀が悪かったわね。お奈々はもう赤ん坊じゃないんだから、きちんと座って食べなくちゃいけないわ」

糸は慌てて道端の石を探して目を巡らせた。

こんなところが、本当の母の代わりにはなれないところだ。

「ご安心くださいな。いつも奈々は、とてもお行儀よくしております。たまには、こんな日があっても良いですよ」

奈々は己の鼻先を団子で示して、にやっと笑った。

「それに奈々がいなくては、お糸ちゃんを香蘭さんの家にご案内できません。さあさあ、こちらですよ。梅雪師匠のお住まいとはまるで違う、陽当たりのよい大きなお部屋です。何でも香蘭さんの絵に惚《ほ》れ込《こ》んだ版元さんが、すべてご用意してくださったお部屋だとか……」

奈々が、ぐいぐいと糸の手を引いた。

賢く人懐っこい奈々は、長屋の皆の人気者だ。家の仕事はすべて小さい身体でひとりで済ませているので、毎朝おかみさんたちに交じって大人びた顔をして、井戸端語りに花を咲かせている。

辿《たど》り着《つ》いたのは、日本橋の大通りに面した真新しい家だ。

日本橋は魚河岸が近く、花街もあり、大店や両替商、本屋の版元も軒を連ねている。大火の後、何よりまず先に元通りになった、お江戸の真ん真ん中だ。

お江戸で一番店賃《たなちん》が高い場所だからか、小さな二階建ての家ばかりが建っている。香蘭の家といわれた場所は一階が絵屋《えや》になっていて、店先に色とりどりの絵双紙や錦絵が所狭しと並べられていた。

「いらっしゃいませ、何をお探しですか？　お嬢さんが大好きな可愛らしいお人形の絵から、少々艶っぽいものまで、どんな絵でも取《と》り揃《そろ》えておりますよ」

いかにもやり手の店主らしいどっしりとした風貌の男が、にこやかに声を掛けた。

「香蘭さんの絵を探しております。見せていただけますか？」

糸が香蘭に会いに来たという前に、奈々が客の顔で言った。

「香蘭だって？　いやあ、まったく皆が揃ってそう言うねえ。ほら、こっちの棚はすべて香蘭の筆だよ」

店主がくつくつとほくそ笑んだ。

天女に幽霊、普通の美人画とは一味違った図柄に加えて、剽軽《ひょうきん》な妖怪から見たこともない動物の姿まで。梅雪がそっくり真似をした象や麒麟の絵もちゃんとそこにあった。

「あっ、これは梅雪師匠の象さまですね……」

「梅雪だって？　その名を久しぶりに聞いたよ。なんだってそんな古い絵師を知っているんだい？　あいつは、ほんとうに腕の良い絵師さ。百年に一度の才ってのはあのことだよ。あれほど美しくあれほど迷いのない線を描く絵師は、後にも先にも現れやしないね」

店主が驚いたように目を見開いた。

「その梅雪師匠の絵は、この店には置いていないのですか？」

奈々が店の中を見回した。

「生憎、梅雪の絵は扱っていないね。今はもう、あいつの作品はそこいらの店では手に入らないいんじゃないかね？」

「何故《なぜ》でしょう？　もしかして、梅雪師匠の滅茶苦茶な気質が災いして……」

「いやいや、絵師がろくでなしだなんてことは、こっちだって百も承知だよ。人殺しが描いた骸骨の絵が飛ぶように売れるくらいさ。梅雪なんて可愛いもんさ」

店主が苦笑いを浮かべた。

「ではどうして？　先ほど、『ほんとうに腕の良い絵師』とおっしゃいましたが、それならばなぜ梅雪師匠の絵を売り出さないのですか？」

「……梅雪の旬《しゅん》は終わったからさ」

店主が物悲しい口調で言った。

あまりにも無情な言葉に、糸は息を呑《の》んだ。

「終わった、ですか？」

床下に広がる美しい菜の花畑に、ざっと強い風が吹いた気がした。

奈々はきょとんとしている。

「流行の世界ってのはね、一旦栄華を極めた者には、とんでもなく厳しいもんさ。それに比べたら、海のものとも山のものとも知れぬ無名の奴の筆、ってほうがずっとましだ。何たって、そんな奴には伸びしろがあるからな」

「伸びしろ……？」

奈々がちっともわからない、という顔をした。

「人の歓心ってのは、荒波の渦のようさ。あっちへこっちへ、ひと時だって留まっちゃいない。だから絵師ってのは、決してずっと同じ絵を描いてちゃいけない。まるで瑠璃《るり》の光みたくいろんな色に変わり続けなくちゃいけないんだ。もちろん、ひとりの人間がそんな器用なことはできやしないさ。けれど、一つだけ変わり続けることができる方法がある。それは腕を上げ続けていくことなんだよ」

「つまり、香蘭さんは今、まさにぐんぐんと腕を上げている最中だからこそ、移り気な皆の心を摑《つか》むことができる、という意味ですか？」

「そうさ、お嬢さん、その通りだ。あんたは賢いね。なら、逆の意味もわかるはずさ」

店主が天井をちらりと見上げて声を潜めた。

「梅雪師匠は、既に己の絵の技をどこまでも究めて、他の誰にも負けない素晴らしい絵を描くことができています。そしてその絵は、かつて大きな評判となりました。つまりこれから先は……」

奈々が肩を落とした。

「嫌な話だけれどね、金儲けってのはそんなもんさ」

奈々の暗い顔を見てさすがに胸が痛んだのか、店主は気まずい顔をして肩を竦《すく》めた。

「ならば今は栄えている香蘭さんも、いずれは必ず梅雪師匠と同じ境遇になってしまうのでしょうか？」

「そ、そうだねえ。そんなに改まって言われると、なんだか私たちが悪いことをしているみたいだけれどねえ……」

店主が糸に助け舟を求めるような目を向けた。

「必ず、なんてことはないわ。香蘭さんはこんなに素晴らしい絵を描かれるんですもの」

糸はずらりと並んだ絵に向き合った。

香蘭の描く作品のどれを見ても、胸をぐっと鷲摑《わしづか》みにされるようなたまらない魅力を放っている。この絵があると、あたり一面にまるで薄荷《はっか》のような鮮やかな香りが漂う気さえする。欲しい、と思う。この絵を手に入れたい、と焦がれるように思う。

この輝きがいつか色褪《いろあ》せてしまうなんて、そんなこと想像もできない。

「そ、そうさ。必ず、なんてことはない。きっと、きっと、香蘭だけは別さ。お姉さん、せっかくだから一枚どうだい？　今まで見たことがないくらい美しい絵ばかりだろう？」

店主が己の仕事を思い出したように取り繕った。

8

結局、香蘭の原画による兎《うさぎ》の耳がついた女の子の可愛らしい版画を一枚買い求めた。

くるりと丸い黒目勝ちな瞳に、得意げな笑顔。気の強そうな女の子の顔つきはたまらなく愛らしい。それにふわふわした兎の耳がつくともっと可愛い。だが可愛いだけではなく、どこか大人びた艶のある不思議な雰囲気さえも醸し出している。

こんな突飛な着想はいったいどこから出るのだろうと思った。

香蘭の絵には恋を覚えたばかりの娘のような、危なっかしい華やぎがある。その危なっかしさは幼さ、稚拙さとぎりぎり紙一重のところで輝く瑞々《みずみず》しいものだ。

こちらの胸が騒ぐような若々しい魅力は、梅雪の揺らぎのない落ち着いた筆からは決して窺うことのできないものだった。

自《おの》ずと足は、引き寄せられるように香蘭のところへ向かった。

「香蘭さん、失礼いたします。縁切り屋の糸です」

店の裏通りから声を掛けると、二階から香蘭の頭がにゅっと覗いた。まるで大きな毛玉のように滅茶苦茶に乱れた髪をぼりぼりと掻く。

「お糸さんですか？　どうしてここへ……」

香蘭は困惑しきった声で呟いてから、「上がっていらっしゃいますか？」と、いかにも気が進まない様子で言った。

香蘭の部屋の中には、大きな机がいくつもあり、そこかしこに描きかけの絵が広げられていた。

「まったく、忙しくて、忙しくて、寝る間もありません。次々と注文が舞い込んで、三年先までの約束がびっしり詰まっております。私には、のんびりする間は少しもありません。あ、ええっと、その節はたいへんお世話になりましたね」

香蘭は、少しでも早く切り上げてほしいという気配を隠さずに、細かく膝を揺らした。

「縁切り状を出してから、梅雪師匠から何かお応えはありましたか？」

奈々が梅雪の名を出すと、香蘭の顔がぴくりと引《ひ》き攣《つ》った。すぐに苦笑いを浮かべる。

「いいえ、ちっとも。これですっきりすることができたと、ほっとしましたよ。今の私は、下らないことにかまけていられないくらい忙しいんです」

梅雪が次々と新しい看板を出していることを告げ口するわけにもいかないと、奈々がちらちらと糸を見上げながら気まずそうな顔をした。

「梅雪師匠は、きっと私のことを妬んでいたんです。私ばかりに皆の注目が集まり、己の絵が評判にならないことに苛立っていたのです。ですが、縁切り状を出して良かった。効き目がありました。きっとこれからもなお、細々とでも絵を描き続けたいと思うならば、この界隈《かいわい》で私に迷惑をかけるのはいけないと気付いたのかもしれませんね」

香蘭が鼻先を天井に向けて、いかにも得意げな顔をした。

糸の脳裏に、暗く寂しい部屋で、真っ赤な着物で豪華な絵の道具に囲まれた梅雪の姿が浮かんだ。

床下に広がる一面の菜の花。

集まってきた野次馬に己の絵を褒められて、本気で嬉しそうに頬を染める姿。

「香蘭さん、カラスに覚えはありませんか？」

糸が訊いた。

「カラスですって？　外を飛び回ってカアカア鳴いて塵《ごみ》を漁《あさ》る、あのカラスですか？」

香蘭が怪訝《けげん》そうな顔をした。

「そうです。真っ黒なカラスです」

「カラス、カラス……ね。カアカア鳴いてる、真っ黒なカラス。それで、いったいカラスが何だっていうんですか？」

訊きながら、香蘭はいちばん近くにあった机の前に座った。描きかけの絵を脇にどけた。新しい紙にさらさらと筆を動かす。

真っ黒な羽、真っ黒な目、真っ黒な嘴《くちばし》の、大きなカラスの絵だ。

どこか人を小馬鹿にしたような濡《ぬ》れた目、本気で突っつかれたらかなり痛そうな大きな嘴、身体を左右に揺らしてご機嫌で跳ねて歩いている鋭い爪。

香蘭の描き出すカラスが、小首を傾げてこちらをじっと見つめている。

「梅雪師匠の心に、このカラスの姿が残っているんです」

糸の言葉に、黒い羽に油を流したような艶を描き込んでいた香蘭の手が、ぴたりと止まった。

「梅雪師匠が、カラスを？」

香蘭が己の描いた絵をしげしげと眺めた。

「ええ、私の部屋の真っ暗闇に、真っ黒くて艶々した大きなカラスが現れました。まるで梅雪師匠みたいに、剽軽な様子でくるくる首を振るんです」

「真っ暗闇に、真っ黒なカラス……」

カラスの絵の上に、ぽつりと雨垂れのような滴がいくつも落ちた。乾いていない墨がじわりと広がって、絵の線がひどく滲《にじ》んでいく。

香蘭の両目から、大粒の涙があとからあとから流れ落ちていた。

「ああ、たいへんだ。師匠のところへ行かなくちゃ」

香蘭が肩を震わせながら言った。

「どうしよう。怒られる。師匠に謝らなくちゃ」

香蘭がうつろな目をして、己の机の上のカラスの絵を勢いよくぐしゃりと握った。

「ああっ、もったいない！　いったいいくらの値がついたでしょう」

奈々が悲鳴を上げた。

「ああ、どうしよう。どうしよう。私はいったい師匠になんてことを……」

香蘭は親に怒られるとわかっている子供のように、顔を歪《ゆが》めてめそめそと泣き出した。

手に握ったカラスの絵を、震える手で紙吹雪のように細かく破り捨てる。

「お糸さん、そしてお嬢さん、どうか私と一緒に梅雪先生のところへ行っていただけませんか。この香蘭、驕《おご》り高ぶった失礼な振る舞いを、命を賭けてお詫《わ》びしなくてはいけません」

香蘭は真っ青な顔をしてがっくりと肩を落とした。

9

「師匠！　私です、香蘭です！」

香蘭が梅雪の部屋に転がるように飛び込んで、声を張り上げた。

梅雪の姿はどこにもない。

部屋の隅の机の上には、描きかけの絵がそのままになっていた。香蘭はその絵を覗き込む。朝日に向かって次々と花開く、夏の早朝の可憐《かれん》な朝顔の絵だ。まだ墨が黒々と濡れていた。

「師匠、いらっしゃいますよね。金貸しではありません。あなたの弟子、香蘭が参りました！」

香蘭が呟くと、床下でごちんという音と「うっ」という呻《うめ》き声《ごえ》が聞こえた。

床板がごとごと鳴って外れ、苦虫を噛み潰したようなしかめ面の梅雪が、身体から砂の粒をぱらぱらと落としながら現れた。

「驚かせるな。何の用だ」

梅雪が怒りを隠さない声で言った。

「師匠！」

香蘭がその場に崩れ落ちると、床に額を擦《こす》り付《つ》けるように土下座をした。

「師匠、このたびのとんでもない無礼、どうぞお許しください。私は驕り高ぶり、師匠への尊敬の心を見失っていました。師匠がどれほど私に良くしてくださったか、どれほど私を可愛がってくださったのかを……」

「顔を上げろ。土下座なんて芝居がかった真似をするな。お前は三文役者ではなく、お江戸で大評判の絵師のはずだろう」

梅雪が顔をあらぬほうへ向けたまま、香蘭の言葉を遮った。

「無礼を許せだって？　何を今さら」

梅雪がせせら笑った。香蘭の顔を見るのも嫌なくらい腹を立てているのだろう。こめかみには青い血管が浮いている。

「香蘭さんは、お糸ちゃんのところに現れたカラスの話を聞いて、梅雪師匠に謝りにいらしたのですよ」

奈々が利発そうな口振りで梅雪に言った。

「カラスだって？」

梅雪の眉間に深い皺が寄った。

「カラス、カラス、カアカア鳴いてる、真っ黒なカラスか……」

梅雪が節をつけて言って筆と硯《すずり》を執った。

ふんふんと鼻歌を口ずさみながら立て膝をした。と、紙も広げずに床の上に直接さらさらと線を描き始めた。

「ああっ、そんなところに……」

奈々が目を剝《む》く。

梅雪が墨一色で描いた線は、次第にカラスの姿を浮かび上がらせる。黒い身体に黒い瞳、黒い嘴に黒い爪――。どこもかしこも真っ黒なのに、カラスの生き生きとした姿がはっきりと浮かび上がる。

「香蘭さんの絵より、上手です。どこがどう上手なのかさっぱりわかりませんが、間違いなく梅雪師匠の絵のほうが美しいカラスです……」

奈々が呟いた。

梅雪のカラスは笑っていた。軽い足取りで跳ね、力強い翼で飛び回りながら、どこかこの世を小馬鹿にした様子で、ケケケッと喉を鳴らして笑っていた。

香蘭は黙って梅雪の手元を見つめながら、目に涙をいっぱい溜《た》めている。

「よしっ、こんなもんだろう」

梅雪が筆を置いた。頰が赤く火照《ほて》って、瞳は子供のようにきらきらと輝いている。梅雪は首を引いて床板の絵をもう一度眺めてから、「上出来だ」と己に言い聞かせるように力強い声を出した。

「……師匠にお会いしたときの私は、奉公先を追い出されて、橋の下で寝泊まりしながら、出店で客の似顔絵を描いてどうにかこうにか暮らしていました」

香蘭が肩を震わせた。

「師匠はそんな私の絵に目を留めてくださいました。『なんだか面白そうなことをしているな、ちょっと貸してみろ』って、私の筆を横からひったくってね。紙の上にさらさらと、カラスの絵を描いたんです」

「俺のほうはそんなのさっぱり覚えちゃいないな。どっかの誰かと間違えているんじゃないのか」

梅雪が決まり悪そうな顔をして言った。

「カラスというのは頭の先から足の先まで黒一色です。絵にしようとすれば、影法師と変わらない姿になってしまってもおかしくないはずです。それが、ひとたび師匠の筆にかかれば……」

「こんなふうに、まるで本物のように艶やかなカラスになってしまうんですね」

奈々が、床のカラスと香蘭の顔を交互に見た。

「ええ。まるで頭を棒切れでぶん殴られたような驚きでした。この世にこんな素晴らしい絵を描く人がいるなんて。想像だにしていませんでした。私はこの人の元で学びたいと。この人にほんの少しでも近づきたいと思ったのです。その場で土下座をして『弟子にしてください』と頼み込みました」

「私は決して弟子は取らない、って幾度も断ったがな。こいつの風体があまりにも惨めったらしいもんで、足蹴《あしげ》にして放り出すってのは夢見が悪いって思っただけさ」

梅雪が顎髭を撫でた。

「師匠のお陰で、私は人生に意味を持つことができました。これまで手慰みに描いていただけの絵が、私の生きる道になりました。師匠は私に、惜しみなく絵の技を授けてくださいました。それだけでなく、この世のさまざまな美しいものを見せてくださった。師匠と過ごした日々は、私の人生の宝物です」

香蘭が、梅雪の部屋の大きな棚に並んだ本を懐かしそうに見上げた。

「今まで私は、己の頭の中にある光景を描いているとばかり思っていました。ですがそれは大きな間違いです。思い上がっていました。私の作品は、すべてこれまでに見聞きしたもの、学んだものの中から生まれているのです。真っ暗闇でただひとりぼうっとしていて、いきなり、ぽんっ、と生まれるものなど何もないのです」

「おイネ婆さまの猫たちの図柄、あれも、本物とそっくり同じです。きっと香蘭さんはお糸ちゃんのところへ来る途中に、気付かぬうちにあの猫たちを目にしていたってことなんですね」

奈々が頷いた。

「師匠、どうぞお許しください。私の絵はすべて師匠のものです。どうぞ看板にお使いください。いくらでも私の名をお使いください。私の絵はすべて、師匠なくしては描くことができなかったものです。私ひとりで成し遂げたことなど、何もありません」

香蘭が大粒の涙を零しながら、梅雪ににじり寄った。

「許さん、許さんぞ。許さんぞったら許さんぞ」

梅雪が拍子抜けするくらい軽い口調で答えた。

しばらく黙ってから咳払《せきばら》いをして、香蘭を睨み付ける。

「私は決してお前を許さん。お前のような恩知らずを弟子にしてしまったのは、私の一生の不覚だ。お前の絵に少しでも似ているなんて言いがかりをつけられた図柄のものなど、人前に出してたまるか。すぐに破り捨ててやる」

梅雪が忌々しげな顔で表に目を向けた。

「師匠……」

「お前は破門だ。もう師匠でもなければ弟子でもない。今後一切、お前は私の名を出してくれるな。私の絵に少しでも影響を受けただなんて口にした日には、香蘭ってのは、大嘘つき野郎だってお江戸中に触れ回ってやるからな」

梅雪が口元をへの字に曲げてぷいと顔を逸《そ》らした。

「破門だなんて、どうぞそんなことはおっしゃらないでください。どうぞ前のように……」

「うるさいっ！　黙れ、この恩知らずが！」

梅雪が急に怒鳴り声を上げて向き合った。

「お前は己のことを、才に溢れた絵描きだと信じているんだろう？　ならば見せてもらおうじゃないか。たったひとりの力で、お前の才を、私に、そしてお江戸中の奴らに知らしめてやれ！　このお江戸に、百年に一度の才を見せつけろ！　唯一無二の香蘭の花を咲かせてみせろ！」

「は、はいっ！」

香蘭が怯えたように身を縮ませた。梅雪の剣幕に押されて思わず答えてしまったはいいが、どうしたら良いのかわからない様子だ。周囲に忙しなく目を巡らせてから、改めて深々と頭を下げる。

「……そしていつかお前も弟子を取れ」

梅雪が香蘭のぼさぼさ頭を見下ろして、ぽつんと呟いた。

「えっ？」

香蘭が怪訝そうな様子で顔を上げた。

「生意気で傲慢で恩知らずで、才に溢れた弟子をな。私の言った意味が、いつかきっとわかるときが来る」

梅雪は目を細めて、ゆっくりと頷いた。

10

つくつくぼうしが、朝早くから高らかに鳴く。この蟬が鳴き出せば、夏の盛りはもうそろそろ終わるはずだ。

糸は額の汗を拭いながら路地に柄杓《ひしゃく》で水を撒《ま》いた。埃っぽい道に、水の跡がぱっと広がる。

「そろそろうちの猫たちが、夜の散歩から戻ってくるよ。頭からざぶんと水を引っ掛けないように注意しておくれよ」

振り返ると、隣の戸口でイネが「ご苦労だね。助かるよ」と呟いた。

「おはようございます。まだまだ暑さが続きますね」

「まったくさ。年寄りには嫌な時季だねえ。寝苦しいったらありゃしないよ」

イネは脇の下に折り畳んだ読売《よみうり》を挟み、団扇《うちわ》をぱたぱたと忙しなく動かしながら、お天道さまのぎらぎら輝く青空を睨み付ける。

「ここのところ、香蘭の評判を聞いたかい？　読売にあいつの話が出ていたよ」

イネが意地悪そうに目を細めて、手招きをする。

「まあ香蘭さん、あれからどうされていますか？」

糸は声を潜めて駆け寄った。

「前にも増してとんでもない大評判さ。お糸、あんた香蘭の〝兎の耳の娘〟の版画を買い求めたって言っていたね？　運が良いよ。今じゃ、香蘭の絵はどんどん値が上がって、いくら待っても買えないって話だからね。売り出しの日に集まった人たちが、くじを引いて買えるかどうだか決まるって話さ。それを素人が値を上げて金持ちに売りさばこう、ってそんな怪しい仕事まで出てきた始末だよ」

「そうでしたか。香蘭さん、ご活躍なんですね。よかった……」

糸は胸に掌を当てた。

「なんだか思っていたのと違いますねえ。奈々は、香蘭さんは梅雪師匠に見放されてしまったら、さっぱり良い絵を描けなくなるくらい意気消沈してしまうのではと思っておりました。ねえ、大丸《だいまる》？」

物陰から、大きな三毛猫の大丸を抱いた奈々が現れた。

大丸は奈々に捕まってしまったのが一生の不覚、とでもいうように不機嫌な顔をして、いやいやと身を捩《よじ》っている。足元では大丸の兄弟が二匹、にゃあにゃあ、と文句を言いながら奈々の脛《すね》に手を伸ばす。

「抱っこはいけない、って言っただろう？　大丸ってのは、気位が高い猫大将なんだよ。あんたみたいな赤ん坊に、お人形替わりにされてたまるかい。おう、よしよし、大丸。怖かったねえ」

「奈々は、赤ん坊ではありません」

奈々がぷっと頬を膨らませて、大丸を地面にそっと下ろした。

「お糸ちゃんも、そう思いませんでしたか？　香蘭さんが絵師として前にも増して栄えているなんて、なんだか居心が悪いなあと……」

奈々が気を取り直したように訊いた。

「香蘭の絵ってのは、あれは馬鹿のひとつ覚えだ、ってそんなことを言い始めた奴らもいるさ。図柄と色使いだけは派手に見せたとしても、細かいところはずいぶん雑な仕事をしている、って見抜いている絵師もいるねえ。昔の香蘭のほうが良かった。あの頃は拙いながらも筆は丁寧だったたってね」

イネが顎に手を当てた。

「えっ、それでは香蘭さんは、あれからぐんぐん腕を上げた、というわけではないのですか？」

奈々が首を傾げた。

「私に訊かないでおくれよ、私は絵のことなんてちっともわかりゃしないよ。ただ面白そうかそうでないか、ってそれだけでこの世を見ているのさ。お江戸の他の奴らとまったく同じように、難しいことなんてちっとも考えちゃいないね」

イネが己の目玉を指さして、へへっと笑った。

「けどね、ここに書いてあるよ」

イネが皺だらけの読売を広げた。記事のひとつを指先でぱちんと弾《はじ》く。

「千年に一度の才、香蘭。ってね」

「千年でございますか！　梅雪師匠のことはたしか……」

「梅雪はさんざん、百年に一度の才、って持て囃《はや》されたもんだね」

イネが頷いた。

「では、香蘭さんは、絵師として梅雪師匠を越えたということになるのでしょうか。梅雪師匠以上の評価を受けて、これから千年語り継がれるような絵師になったということなのでしょうか？」

「きっとすぐに、万年に一度の才が現れるさ」

イネがつまらなそうに言った。

「えっ？　それはつまり、つまり……」

「ああ、うるさいねえ。こんな暑苦しい朝っぱらから、難しい話はやめておくれよ。お奈々、あんた、暇にしているんならお遣いを頼まれてもらおうかね。日本橋の簪屋《かんざしや》で、上方から来た職人が柘植《つげ》の櫛《くし》を売るってんだよ。それもただの櫛じゃないよ。猫の彫り物が施してあるって話じゃないか。ひとっ走り行って、いちばん小さいのを買ってきておくれよ」

イネが懐から巾着袋を取り出した。

「猫の櫛でございますか！　それは何とも可愛らしいですねえ。お安い御用でございます。お任せください。ほんとうにおイネ婆さまは、流行にお詳しいですねえ」

「くるくる変わる風見鶏《かざみどり》ってのは、いくら見ていても飽きないもんさ。ほら、たくさん入っているから落っことすんじゃないよ。帰りにお団子でも買っておいで」

イネが奈々の帯の裏に巾着袋をしっかり隠して、ぽんと叩いた。

「日本橋。香蘭さんのいらっしゃるところですね……」

奈々が糸に目を向けた。

糸の脳裏に香蘭の広い部屋が浮かぶ。いくつもの机に描きかけの絵を広げて、筆を手に絵から絵に飛び回る毛玉のような頭の香蘭の姿。その姿はいかにも楽し気で、口元には熱に浮かされたようなぼんやりとした笑みが浮かんでいた。

第二章　かんざし

1

今日も朝の仕事が終わりほっと一息つく。長屋で暮らす男たちは仕事へ、子供たちは遊びに出かけていった。

路地では近所のおかみさんたちがお喋《しゃべ》りに花を咲かせ、大工が木槌《きづち》を振るう音がとんかんと響き渡る。障子を開け放った窓からは、ひんやりと香ばしい匂いの漂う風が流れ込んでくる。

夏の暑さでぼんやりとしていた頭がようやくすっきりして、さあ仕事に精を出そう、と気力が漲《みなぎ》る秋の日だ。

糸はじっくり丁寧に墨を磨《す》って、小筆に含ませた。

寺社に頼まれてお経を写す、写本の仕事だ。焼け焦げた元の経典に目を凝らしながら口の中で身体に染み付いたお経を唱え、読み取れなくなってしまった部分を補いながら筆を動かす。

次第に、七歳から湯島霊山寺《ゆしまれいざんじ》の下働きとして暮らしていた日々の思い出が蘇った。

朝は暗いうちから起き出してお寺の仕事に駆け回ったものだ。小さな身体には堪《こた》える力仕事もあったが、糸と同じようにお寺に預けられていた子供たちとお互い励まし合い助け合って暮らした。

霊山寺には、さまざまな事情を抱えて親元で過ごせない子供たちが集まっていた。一筋縄ではいかない捻くれた子や、乱暴な子もいた。だが、住職の厳しくも心ある人柄のせいか、皆、霊山寺で過ごすうちに己より弱い者への慈しみの心は深く育っていった。

幾度、住職をご近所に謝罪に出向かせたかわからないような悪戯《いたずら》坊主も、寺の小さい子供たちにはまるで本物の兄のように頼りがいのある姿を見せる。いつも泣いてばかりいる女の子も、自分よりももっと小さい子が泣き出すと、ぴたりと泣き止んで頭を撫でるのだ。

あの頃の皆はどうしているのだろう。

大火の後、小さい幾人かはそのまま霊山寺に残り、浅草に移っていった。住職の口利きで、どうにか火事を免れた檀家《だんか》の商家に奉公に出た子もいる。

「お糸、久しぶりだな」

ふいに背後から聞こえた声に筆を止めた。

振り返ると、一人の男が窓の陰から部屋の中を覗き込んでいた。

「俺だ。わかるだろう？」

まるで昔の想い人のような艶っぽい言葉遣いに、糸は、はて、と首を傾げた。

「……どちらさまでしたか？」

と、訊き返しながら、この声にはぜったいに聞き覚えがあるはずだ、と思う。

あっ、と小さく叫んだ。

「藤吉《とうきち》兄さんね！」

霊山寺で一緒に下働きとして暮らしていた藤吉だ。糸より三つ上で身体が大きく力持ちで、寺の子供たちのまとめ役だった。

今も背が高くがっしりした身体をして、胸を張った頼もし気な風貌だ。出職《でしよく》の職人仕事をしているのだろう。藍色半纏《はんてん》に股引《ももひ》き姿だ。

「なんだ、やっと気付いてくれたか。さっきのぼんやりの間《ま》は、いったい何だってんだ」

藤吉は顔をくしゃくしゃにして笑った。

懐かしい笑顔に胸が熱くなる。

「ほんとうに久しぶりね。さあ、どうぞ、上がってくださいな」

慌てて文机の上を片付けながら、どうして藤吉のことがすぐにわからなかったのだろうと、不思議な心持ちだ。小さい頃、あんなに可愛がってもらっていたのに――。

藤吉は玄関に回り込むと、框に腰掛けて糸の部屋を眩《まぶ》し気に見回した。

「やあ、良いところに住んでいるな。独り身でこれならばじゅうぶん広い。もっとも、こっそり逢引《あいび》きの相手を連れ込むにゃ、壁が薄すぎるけれどな」

藤吉がイネの部屋に面した壁を握りこぶしでこつんこつん、と叩く。と、壁の向こうから間髪容《い》れずに、どすんどすんと返ってきた。

「藤吉兄さん、気を付けてちょうだいな。お隣のおイネさんは、おっかないんだから」

顔を見合わせて笑った。

「お江戸の長屋だから、みんな同じ家の中みたいなものよ。でも、そのおかげで少しも寂しくないんです。まるで霊山寺で、藤吉兄さんたちみんなと暮らしていたときみたい」

先ほどは「逢引きの相手」なんて少々艶っぽい冗談にどきんとしたが、糸は十七、藤吉はもう二十《はたち》だ。お互いもう立派な大人だ。

「まったくあの頃は子供がうじゃうじゃ集まって、朝から晩まで騒々しかったな。特にお糸、お前の真夜中の大騒ぎには、幾度も心ノ臓が止まる思いをさせられたぞ。しょっちゅう暗闇に何かいる、って悲鳴を上げて駆け回って、俺たち年長の皆が外まで追っかけていったんだからな」

暗闇で糸をじっと窺う、得体のしれないものの姿。糸が養い親の元から霊山寺に預けられるきっかけとなったことを話しているのだ。

「今では、もうあれは現れないのか？」

藤吉がわざと何気ないふうを装って訊いた。

「ええ。ここへ来てから、真夜中に外に飛び出したことは一度もありません」

糸も冗談めかして答えた。

〝縁切り状〟を書くと現れる〝生霊〟のことまで、わざわざ藤吉に話す必要はないだろう。

「良かったな。それは何よりだ。ところで……」

藤吉が大事なことを話し出そうとするように、身を正した。

「〝縁切り屋〟をやっているそうだな」

「ええっ、そのお話なんですか？」

糸は目を瞠《みは》った。

久しぶりの顔に懐かしい会話。こんな長閑《のどか》な場に〝縁切り〟という言葉が飛び出すと、冷や水を浴びせられたような気がした。

藤吉は懐から小さく畳んだ紙切れをぽいっと放った。小さく小さく折られているので、床に落ちて小石のようにぽつっと音がした。

「まあ、お奈々の引き札だわ。いったいこれをどこで手に入れたんですか？　……といっても、あの子、そこいらじゅうで配っているに違いないけれど」

中を見なくてもわかってはいたが、爪の先を使ってどうにかこうにか強く折り畳まれた紙を開く。

〝あくえん　いんねん　くされえん　すべてすっきりいたしませう〟

〝えんぎりや　おいと〟と書いた奈々の丁寧な筆の上に、赤い○が描かれていた。

赤は絵具ではない。口に差す紅《べに》を使ったものだ。己の唇から紅を拭い取った華奢な指が、強い力で○を描く様子が目に浮かぶようだった。

「女房のお通《つう》が隠し持っていたのさ。巾着袋の奥の奥に、ご丁寧にもちり紙で包んで、塵屑《ちりくず》かなんかと間違えるようにしてね」

藤吉が憮然《ぶぜん》とした顔をした。

「女房……、って、藤吉兄さん、所帯を持ったのね。おめでとうございます」

一応そう口にはしたが、この場の話題は〝縁切り〟だ。糸は硬い笑顔を浮かべた。

「もうじき一年になるかね。落ち着いたらご住職に挨拶に行こうと思いながら、ほっと一息つくときなんていつまでも来やしねえ。寺を出てからはすっかりご無沙汰をしていて、申し訳ない限りだよ」

藤吉は今から七年前、十三の年に、実の母に引き取られて霊山寺から去った。

藤吉は母が貧乏に耐えかねて、食《く》い扶持《ぶち》減らしのために寺に預けた子供だ。それが成長して働き手として使い物になる頃を見計らったように、当然の顔で引き取りにきた。

「藤吉はこれからろくでなしのおっかさんに、骨の髄まで搾り取られるぞ」

残された子供たちは、大人の真似をしてそんな毒口を叩いた。だが皆、口ではそう言っても、親元で暮らすことができる藤吉がたまらなく羨ましかった。

「ああそうさ。俺は、目一杯働いて、おっかさんを楽させてやるんだからな！」

藤吉はあかんべえをしながら、どこか不安げに、そしてその何倍も嬉しそうに頬を染めて霊山寺を後にした。

「それで、えっと、私はどうすればいいのかしら？」

「お通はきっとじきに、ここへ来るんだろうさ。もしもお通が現れたら、済まないが俺に知らせてくれるかい？　二本榎《にほんえのき》の木挽《こびき》の藤吉って言やあ、近所の誰かが案内してくれるさ」

藤吉が木の幹のように膨れ上がった力こぶを、ぴしゃりと叩いてみせた。

「もしもお通さんが現れたら、ってそんな、狸《たぬき》や狐《きつね》じゃあるまいし……。もしかしてお通さんは今、行方がわからないんですか？」

考えてみれば、同じ家で暮らしている女が、亭主に巾着袋の奥底を探られるなんて隙を見せることはそうそうないはずだ。亭主がよほどねちっこい気性ならば別だが、藤吉の通に対する言動は、どこか冷めて聞こえる。悋気《りんき》で頭に血が上り女房を追い回す男とは程遠い。

「ええっと、まあな。ちょっとばかし派手に喧嘩《けんか》をしてね。そうしたらきいって目を吊《つ》り上げて水桶をぶちまけて飛び出していったのさ。おそらく幼馴染《おさななじみ》のところにでも、転がり込んでいるんだろうよ」

藤吉がやれやれ、というように苦笑いを浮かべた。

「お糸ちゃん、おはようございます！　手習いに伺うのが遅くなってすみません。今日は朝のうちに洗濯を済ませなくてはいけなかったので、少々手間取ってしまいました」

戸ががらりと開いて、手習いの道具を手にした奈々が顔を覗かせた。

「あっ、先日井戸端でお会いした、色男のお兄さんではないですか！　お糸ちゃんのお家に辿り着けたようで何よりです。写本のお仕事ですか？　それとも縁切りの……」

「お奈々、この方はお客さんじゃないわ。私が小さい頃に、お寺で一緒に暮らしていたお兄さんよ。久しぶりに会いに来てくださったの。ね、藤吉兄さん、そうでしょう？」

糸が目配せすると、藤吉も慌てて頷いた。

「そ、そうさ、お嬢ちゃん。色男だって？　嬉しいことを言ってくれるねえ。お嬢ちゃんは、そんなに小さいのにお世辞も言えるのかい？　それにこの間は井戸に水汲《みずく》みに、今日は洗濯か。いいおかみさんになるぞ。家のことを放っぽり出して行方知れずの、うちの女房に爪の垢《あか》を煎じて飲ませてやりたいさ」

藤吉が早口で言うと、立ち上がって帰り支度を始めた。

「……奈々はただ良い子なだけです。誰のおかみさんにもなるつもりはありません」

奈々が不満げに口の中で呟いた。

2

「ねえ、お糸ちゃん、あの色男のお兄さんは誰だい？」

「何日か前から、お糸ちゃんのことを窺ってた、見栄えのいい男だよ。あれはなかなかの遊び人だよ」

水桶を持って井戸端に出ると、近所のおかみさんたちが待ち構えたように糸を取り囲んだ。

「色男……に遊び人、ですって？　まさか藤吉兄さんのことですか？」

糸はきょとんとした心持ちだ。

幼い頃から本物の兄のように慕っていた相手だ。男としての藤吉がどのように見えるかなんて、気にしたことは一度もなかった。

「藤吉さんとお糸ちゃんは、昔、一緒に暮らしていたんですよ」

奈々が自分の身体の半分くらいある大きな桶を手に、訳知り顔で説明する。

「へえっ。お糸ちゃんが、かい？　あんた、大人しそうな顔をしてなかなか……」

おかみさんたちがひゅうっと口笛を吹いて目を丸くした。

「こ、こらっ、お奈々。違うでしょ。大事なところを省かないでちょうだいな。藤吉兄さんは、私がうんと小さい頃、同じ霊山寺に預けられていた人です」

糸は慌てて付け加えた。

「なんだ、そういう話かい、私はてっきり……」

おかみさんたちが顔を見合わせて、ぷっと噴き出した。

「よかった、よかった。お糸ちゃんにあの手の男は毒だよ」

娘のようにくすくす笑い合う。

「皆さん、ずいぶんと藤吉さんのことを買いかぶっていらっしゃいますね。お奈々には、藤吉さんのどこがどういいやら、さっぱりわかりませんが。そりゃ、整ったお顔には違いありませんが、あのくらいの見栄えの良い人なら他にいくらでもいますよ」

奈々が、納得いかない、というように口を尖らせた。

藤吉に「良いおかみさんになるぞ」なんて、心外な褒められ方をしたことを根に持っているに違いない。

「お奈々みたいな子供には、まだまだわからないさ。ねえ」

おかみさんたちが妙に艶っぽい顔で、目配せをし合った。

「もうっ、お奈々は子供ではありません。お糸ちゃん、行きましょう」

「お奈々、ちょっと待ってちょうだいな」

空の水桶を手に、ぷうっと頬を膨らませて駆け戻る奈々を慌てて追いかけた。とはいえ糸のほうも、この場から立ち去ることができてほっとした気分だ。

おかみさんたちの藤吉を言い表す様子は、どこか居心が悪かった。見栄えが良い、格好良いと褒めちぎっているはずなのに、ちらりちらりと目配せをし合いながらの笑いは、どこか嘲りにも似て感じられた。

路地を戻りながら、幼い頃の藤吉の面影をもう一度思い出していた。

「お糸、何もいないよ、兄さんがそばについていてやるから平気だよ」

真っ暗闇の中、幼い糸を朝まで抱き締めてくれた藤吉。

糸が霊山寺に来てすぐの時期だから、あの頃まだ藤吉は十になったかならないかの頃だ。今九つの奈々と、ほとんど変わらない齢だ。

朝まで小さい子供の夜泣きに付き合わされて、辛《つら》くなかったはずはない。だが糸の前で藤吉はいつも、優しくて頼りになる兄さんだった。

あの頃の藤吉に抱いていた大きな安心感や、淡い憧れ。こんな素敵な兄さんがいることが誇らしくてたまらない気持ち。

おかみさんたちの輪の中にいたらそんな思い出が踏みにじられてしまったような気がして、思っていたよりもずっと気持ちが落ち込んだ。

と、先に戻ったはずの奈々が、一目散にこちらに駆けてくる姿が見えた。

「お糸ちゃん、お糸ちゃん、たいへんです！　現れました！」

「現れたって、いったい何が？」

「お待ちかねの、お通さんですよ。藤吉さんのおかみさんです」

奈々が勢いよく振り返って、背後を手で示した。

そこには小紋の小袖をだらしなく襟を抜いて着付けた若い女が、煙管《キセル》を手に立っていた。

「へえっ、あんたがお糸かい？」

女が糸に気付くと、煙管で糸の鼻っ面を指し示した。

つかつかと歩み寄ると、糸の顔にまともにかけないように気をつかってか、唇の端だけで勢いよく煙を吐いた。

「あたいは通、ってんだよ。亭主の藤吉が、子供の頃にお寺でお世話になったみたいだね」

襟足を見せつけて玄人はだしに着物を着崩してはいるが、芸者というには物腰に品がない。ならば夜鷹《よたか》か飯炊き女かというと、きめ細かい肌艶からしてそこまで荒《すさ》んだ日々が窺えるわけでもない。水茶屋や出店といった盛り場で働く女、といったところだろうか。

この人が藤吉兄さんの女房なのか。

幼い頃の藤吉の頼もし気な姿が、また一層ぐんとぼやけた気がした。

「お通さん、なんだか想像していたよりもずいぶんと……華やかな方でいらっしゃいますね」

奈々が糸を見上げて、強張った笑みを浮かべた。

「お嬢ちゃん、あたいみたいなのを、すれっからし、っていうのさ。覚えておきな」

通が小指で耳の穴をほじりながら面倒くさそうに言った。

「そんな、やめてくださいな。己のことをそんな言い方してはいけませんよ」

思わず大人びた声で諭した。通の身のこなしや仕草には、まるで子供が悪女の真似をしているかのような芝居がかった幼いところが見て取れた。もしかしたら糸よりも年下かもしれない。

「いいのさ。すれっからし。上等さ!」

通が鋭い目をして天をきっと睨み付けた。

「そんなことを言ったのは藤吉さんですか! 己のおかみさんのことを、すれっからしなんて、なんてひどい言い草でしょう。やはり奈々は、あの藤吉さんという人はどうにも好きになれなくて……」

「いやいや、違うよ。あの人はそんなこと言いやしないさ。優しい人だよ。何せ常日頃から、あたいのことをこの世で一番いい女だ、って言ってくれているんだからね」

通は真っ赤な紅の塗られた唇でにんまりと笑うと、糸に向かって得意げな流し目をくれた。

3

「お糸さん、縁切り状を書いてくれるね？　あんただけが頼りなんだよ」

通があっけらかんとした大声で言い放った。

「ちょ、ちょっとお待ちくださいな。人目がありますよ」

慌てて周囲を見回した。縁切り状を書く客が訪れるのは、これまで決まって人目を避けて辺りが暗くなってからと決まっていた。

「人目だって？　年寄り臭いことを言わないでおくれよ。あたいはそんなもん気にしないさ。思い立ったらそのときその場で、えいって動かなきゃ気が済まないんだよ」

通がいかにも生意気そうに、鼻先をつんと上に向けた。

「ええっと、ではでは、中でお話を伺いましょう。さあ、どうぞどうぞ」

聞《き》かん坊《ぼう》をあやすような心持ちで、慌てて追い立てるように部屋に入れた。奈々が素早く滑り込んでくる。

「それで、どなたと縁切りをされたいんですか？」

まあまあ落ち着いて、というように通の背を撫でた。

「決まってるだろ、あの婆《ばば》ぁさ。藤吉の母親だよ。あたいは、あいつと縁切りをしなけりゃ、決して家には戻らないって決めてるんだ」

通が口に出すのも嫌だとばかりに吐き捨てた。

「お姑《しゅうとめ》さんのことですか？」

通の言葉の汚さにぎょっとしながら訊いた。

「ああそうさ。あんなに底意地の悪い婆ぁ、この世のどこにもいやしないよ。あたいはあいつと縁を切って、あの家から追ん出して、藤吉と二人で仲良く暮らすんだ」

膨れっ面の通の目に涙が滲んだ。

「お嫁さんがお姑さんに縁切り、ですか。逆の話はいくらでも聞きますが……」

奈々が戸惑った顔をしている。

「あいつはそんな軽はずみなことはしやしないさ。とんでもなく腹の黒い奴だよ。いつだってにこにこ菩薩さまみたいな顔をして、あたいのことを真綿で首を絞めるように苦しめてくるんだ。あたいは負けないよっ！」

通が己の膝をぴしゃりと叩いた。と、通の頬から涙がぽたりと落ちる。口元をへの字に曲げて子供のようにうんうん涙を堪える姿は、やはり糸よりもまだ若い娘の顔だった。

「いったい、何があったんですか？」

目一杯虚勢を張った振る舞いをしているが、その実は心細くてたまらないに違いない。

なんだかかわいそうになってきた。

　通が真っ赤な目をして顔を上げた。

「あの婆ぁは、あたいのやることなすことすべてが気に入らないんだよ。あたいが藤吉に洗濯してやったりおまんま作ってやったり、そんな女房らしいことをするたびに、ぜんぶそっくり最初からやり直しやがるのさ。『あら？　お通、これはちょぃと違ってぃるね。貸してごらん』なんて猫撫で声を出してね」

「ぜんぶそっくり最初から……、っていったいどういうことですか？」

「そのまんまの意味さ。洗濯が終わって取り込んだばかりの着物をもう一度水にざぶんと浸《つ》けて洗い直して、にこにこ満足げにしてやがる。おまんまなんかは、あたいが一所懸命炊いた飯を『勿体《もったい》ないからお通がお食べね』なんてそっくり押し付けて、手前と藤吉の分を別に炊き直すんだ。掻巻《かいまき》を畳んで押し入れに入れたら、わざわざ出してきてまた畳み直す。家の前を掃いたら、あたいが家に戻った途端に箒《ほうき》を受け取ってやり直しさ」

「それは気が折れる毎日ですね。せっかく家の仕事に精を出しても、誰かの役に立っている、って嬉しさがちっともありません」

　奈々が眉を顰めた。

「藤吉兄さんは、お姑さんのやることを何と言っているんですか？　お嫁さんとお姑さんとでそんな面倒なことを毎日していたら、さすがに気になるでしょう」

糸の言葉に、通はふんっと鼻息を吐いた。

「何も言ってくれやしないよ。『おっかさんは、お通に決して意地悪を言ったりしないじゃないか。お通は恵まれているんだよ。おっかさんの好きにさせておやりよ』ってね」

通は唇をぐっと引き締めて、握りこぶしで涙を拭いた。

「まるであたいが悪いみたいじゃないか。あたいはどうすりゃいいんだよ。どうせ一からやり直しをされちまうなら、家の仕事をぜんぶ婆ぁに押し付けて遊びに出かけていいのかい？　ならばそうしてやるさ。友達のところを泊まり歩いて、独り身みたいな派手な身なりをして、あちこち遊び歩いてやるさ！」

威勢の良い言葉とは裏腹に、通はしょんぼりと肩を落とした。

「せっかく好きな人と所帯を持ったのに、そんなことになってしまっては残念ですね」

糸はため息をついた。

この世には嫁を口汚く罵ったり折檻《せっかん》したりする姑もいると聞く。藤吉の言い分はわからないでもない。だがきっと通は、ちくちくと嫌味な振る舞いを続けられるくらいなら、頭ごなしに怒鳴りつけられたほうがずっとましだと思っているはずだ。

藤吉兄さん、それは違うわ、と心の中で呟く。

人の心を磨り減らしてしまうのは、意地の悪い言葉や乱暴な振る舞いだけではない。誰かのために一所懸命働いたその想いを易々《やすやす》と踏みにじられてしまうと、人は誰だって生きる意味を見失ってしまう。己の仕事をすべて目の前でやり直されたら、糸だって毎日懸命に働くのが馬鹿らしくなってしまうに違いない。

「縁切り状の文面は、どうされますか？」

糸は文机の前に座り、小筆に墨を含ませた。

〈あなたの意地悪に耐えるのは、もううんざりです　藤吉さんは私の亭主です　私はあの人の女房です　あなたの出る幕はもうありません　一刻も早くにこの家を出て、私たち夫婦に二度と近づかないでください〉

これまでの通の蓮《はす》っ葉《ぱ》な口調からは想像もできない冷えた声だった。何度も何度も、頭の中で練り上げた文面だとわかった。

言われたとおりに筆を運びながら、糸の胸の中に暗い染みが広がる。

「私たち夫婦に二度と近づかないでください」だなんて。

嫁が姑に対して、この家を出ていけ、なんてとんでもない言い草だ。どう考えても縁切り状を受け取った相手がすんなり言うことを聞くはずがない。今まではふらふらとどっち付かずだった藤吉だって、女房がこんなものを送りつけるようでは母親の味方をせざるを得なくなる。

通はもっと追い詰められることになってしまうだろう。

「お通さん、ひとつだけよいですか？　藤吉兄さんは、お通さんを必死に探しています。私は、お通さんがここへいらしたことを藤吉兄さんに伝えなくてはいけないんです。どうかこのお文を出す前に、もう一度藤吉兄さんと話をしてもらえませんか？」

糸は筆を置くと同時に、できる限り穏やかな声で訊いた。

「ああ、そんなことだろうと思ったさ」

通がふっと笑った。

「望むところさ。藤吉にあたいはしばらく、貴船《きぶね》明神さまの甘酒の出店で手伝いをしている、って伝えておくれ。それじゃ、お世話になったね」

通は一息に言うと、ふらりと立ち上がった。そのまま振り返りもせずに出ていく。

「お通さん、せっかく書いた縁切り状を持ち帰るのを忘れていらっしゃいますよ……」

奈々が文机の上の縁切り状を、目を白黒させて見つめた。

「待って、お奈々、追いかけなくてもいいわ」

糸は奈々を押し留めて、去ってゆく通の背中を見つめた。派手な身なりが身体から浮いて見えるような、力ない足取りだった。

「お糸ちゃん、このお代は、藤吉さんからきちんといただいてくださいね」

奈々が糸の着物の袖をくいっと引いて、厳しい顔をした。

4

お昼前、奈々が小石川のお救い小屋にいる友達、ちかとなぎのところへ遊びに出かけたのを見計らって、糸は芝へ出向いた。

藤吉の言葉を頼りに二本榎へ着くと、近所の人に教えられた家は畑の隅にぽつんと立つ小さなあばら家だった。

畑には近所の焼け跡のがれきが積み上げられていて、菜を育てている様子はない。だがこの小さな畑のおかげで火が回るのを免れたのだろう。お世辞にも立派とはいえない傾いた古い小屋の壁の半分は、真っ黒い煤に覆われていた。

「藤吉かい？　ああ、あの子は作事《さくじ》に出ているよ。昼には終わるはずさ」

出迎えたのは、五十をいくつか過ぎたくらいの女だ。姿勢もしゃんとしていて声も若々しい。年寄りじみたところはまるでなく、まだまだ働き盛りという様子だ。

整った顔立ちなのに、眉間の深い皺と意地が悪そうに口元を曲げて話す癖のせいで、ずいぶん損をしている。

この人が藤吉の母、通の姑だ。

「それで、おたくはどちらさん？　うちの藤吉に何の用だい？」

女はまるで糸を値踏みするような目をして、矢継ぎ早に訊いてくる。一見にこやかなのが、かえってこちらを身構えさせる。

糸は胸の内で、ああ、と呟いた。確かに見覚えのある顔だった。

十三の藤吉を霊山寺に迎えに来た、この母親の姿が脳裏に蘇る。

あの日、子供たちは廊下にずらりと並んで、奥の部屋の襖《ふすま》の隙間に目を押し付けていた。

「私が産んだ私の子だよ。私が好きに連れて帰って、何が悪いっていうんだい！」

女は住職を前に、これまで糸が聞いたこともないような剣幕で啖呵《たんか》を切った。

「まあまあ、そうかっかとするな。親が我が子と暮らしたいというのを、悪いとは言いはしない。けれど、藤吉にはここで暮らした日々がある。それに今まで一度たりとも顔を見せなかったものを、急に親の面倒を見ろというのも都合が良い話だとは思わないか。あの子の胸の内を……」

「行きます！　おら、おっかさんと一緒に行きます！」

藤吉がいきなり叫び声を上げて、部屋に転がり込んだ。

「おっかさん、今まで寂しい思いをさせて悪かったね。これからはおらがずっと一緒だから平気だよ」

藤吉は糸に言ってくれていたように頼もしい口調で言うと、女にひしと抱きついた。

あのときの必死な藤吉の様子には、子供たちも、住職も、そして女自身でさえも、狐に抓《つま》まれたような顔をしていた。

「藤吉さんにお知らせしたいことがあるんです。お通さんのことで……」

女はもちろん、糸が霊山寺にいた子供のひとりだとは気付いていない。

「嫌なことを思い出させないでおくれよ」

女の顔が急に曇った。

「あの子は悪い女に騙《だま》されちまったんだよ。どうしようもないすれっからしで、役立たずの若い女にね」

「まあ、そんな……」

女は糸の驚いた顔に、顔を歪めて笑った。

人の悪口を言うのは見栄えの悪いものに違いないが、ここまで底意地の悪い顔つきというのもそうそうお目にかからない。

元から幼い藤吉を振り回した身勝手な人という印象はあったが、思っていたとおりの捻くれ者だ。糸だってなるべくお近づきになりたくない相手であることは間違いない。

「藤吉に会ったら、寄り道しないで早く帰るように言ってやっておくれよ」

藤吉、という時だけ妙に熱を帯びた女の声が、糸の胸の奥にしばらく澱《おり》のように留まっていた。

5

「お糸ちゃん、先ほどは勝手にどこに行っていましたか？　縁切り屋さんのお仕事は、奈々がいなくちゃうまく進みませんよ。もしや藤吉さんのところに……？」

長屋に戻ると、膨れっ面の奈々が待ち構えていた。

「いいえ、違うわ。藤吉兄さんのところへはちょうど今から行こうとしていたところよ」

藤吉の母が、通を口汚く罵るところを奈々に見せずに済んでよかった。何となくこうなることが予想できていたから、奈々に内緒で出掛けたのだ。

「そうでしたか。ではでは、藤吉さんのところへ一緒に参りましょう！　奈々は、どうもあの藤吉さんという人が苦手なんですよ。悪い人ではないとは思うのですが、何だか一緒にいると居心が……」

奈々が胸のあたりで、がしがしと紙つぶてを握るような仕草をした。

作事の場は、本所吾妻橋《ほんじょあづまばし》の近くだった。

ちょうど昼飯どきの一休みだ。

皆、家から持ってきた大きな握り飯にかぶりついたり、煙草をくゆらせたり、そのへんに転がっている石を枕にごろんと横になって昼寝をしたりしている。

「藤吉兄さん、糸が来ましたよ」

どこかたどたどしく声を掛けたら、胸に幼い日の感覚がふわりと蘇った。

優しいお兄さんの藤吉への淡い憧れ。今でははるか遠い間柄になってしまったことへの物悲しさが、甘酸っぱく胸をくすぐる。もしかしたら幼い頃の私は、この人に淡い恋心を抱いていたのかもしれないな、と他人事《ひとごと》のように思う。

「おうっ、お糸か！　ってこたぁ、お通の奴が現れたんだな」

竹筒から水を飲みながらぼんやりしていた藤吉が、勢いよく振り返った。

目を細めて眩しそうに糸を見つめる。口元には糸の訪れを心から喜ぶ笑みが浮かぶ。

藤吉兄さんという人は人懐こすぎるのだ。

久しぶりに会ったときは、大人になった藤吉兄さんとしか感じなかった。だが、この人を取り巻く女たちの想いを知ってしまうと、近所のおかみさんたちの言う〝毒〟という意味がほんの少しわかるような気がした。

「ええ、縁切り状を書くようにお願いされました」

「お姑さんに宛てた縁切り状ですよ」

奈々が糸の背後からひょこりと首を覗かせて、付け加えた。

「おっかさんに宛てた縁切り状……か。そうなるだろうと思ったさ。お糸、まさかそんなものをおっかさんに送り付けちゃいないだろうね？」

「縁切り状はここにあります。お通さんが置いて行かれたんです」

糸は通の縁切り状を差し出した。

藤吉は縁切り状を受け取って素早く目を走らせた。ふっと苦笑いを浮かべる。

「お代はまだいただいていませんので、藤吉さんがお支払いをお願いいたしますよ」

奈々が早口で言ってから、糸の背後に素早く隠れた。

「なあ、お糸、お通ってのはかわいい奴だろ？」

藤吉が懐の巾着袋から銭を取り出すと、「いくらだ？」と訊いた。

「おうっと、こんなに短い文面でずいぶんと取るんだな。まあいいさ。迷惑をかけたね。お通ってのはこうやって、いつも俺に甘えてきやがるんだ」

銭を数えて、糸の掌にぎゅっと握らせる。

「お通さんは、藤吉さんに甘えているわけではないですよ。もっと本気で、お姑さんとの仲に悩んでいらっしゃいますよ」

奈々が不機嫌な声を出した。

「いいや、お嬢ちゃん、この文面を見てごらん。まるで男を取り合う恋敵に宛てた、果たし状じゃないか。お通は俺のことが好きでたまらなくて、おっかさんが邪魔でならないのさ。うんと若い女房を貰《もら》うと、こういうところで苦労する」

藤吉は得意げに鼻の穴を開いて、縁切り状を見せつけた。

「お糸、ここへ来たってこたぁ、おっかさんに会ったね？　どんな人だと思った？」

「え、えっと、藤吉兄さんのことをとても大事にしているお母さんだと思いました」

　糸はどうにか取り繕った。

「そうさ、おっかさんは俺のことが大好きなんだ。そこんところ以外は、まったくどうしようもない人だけれどな。若い男に入れあげるわ、博打《ばくち》に金を使うわ、酒に溺れるわ、ご近所さんと怒鳴り合いの喧嘩をおっぱじめるわ……」

　藤吉が面白そうにくすくす笑いながら、指折り数えた。

「ええ、そんなおっかさんがこの世にいるんでしょうか！」

　奈々が啞然《あぜん》とした顔をした。

「でもそんなおっかさんがさ、俺がお通と所帯を持った途端に大人しくなったんだよ。あの人は少しでも気に喰わないことがあると、相手が降参するまで金切り声で叫ぶような女だよ。俺だって幾度摑みかかられたかわからねえ。けどそれがさ、急に菩薩さまみてえな優しい人になったのさ」

　藤吉は額にいくつもある古い傷跡にちょいと触れた。

「お通の言い分はわかっているさ。家の仕事を片っ端からやり直されたら気分が悪いだろうさ。けど、あのおっかさんがこれだけ穏やかに暮らしているってのは、まさに奇跡だよ。きっとおっかさんはお通に気を使って使って、俺たち夫婦の仲が壊れねえようにって頑張ってくれているのさ。俺はお通に、そのおっかさんの想いを少しでもわかってほしいって思うんだ」

「本当のおっかさんはもっと根性曲がりのはずなので、少しぐらいの意地悪は、大目に見てやってくれ、ってそういう意味ですか？　そんなの、ちっとも納得がいきませんよ。奈々はそんな八方美人なことを言う男の人は、まっぴらです」

奈々が棘《とげ》のある声で言った。どうも奈々と藤吉はいちいち相性が悪いようだ。

「八方美人……か」

藤吉が奈々の言葉を繰り返すと、どこか寂し気な笑みを浮かべた。

そのとき、男の大声が響き渡った。

「おうい、藤吉！　お前のおっかさんが道で怪我《けが》をしたぞ！」

藤吉と同じ職人ふうの男が、路地の入口で腕を振り回している。

「なんだって!?」

藤吉が女のように甲高い悲鳴を上げて、跳ね上がった。

「小石川の銀太《ぎんた》先生のところへ運び込まれたって話だから、今日はもう切り上げて行ってやんな」

「嘘だろう！　お糸、たいへんだ、おっかさんが……」

藤吉の額から大粒の汗が滴り落ちる。口元はわなわな震えて顔色は真っ青だ。

「藤吉兄さん、落ち着いて。きっと平気です。お母さんはついさっきまで、しゃんとしていらっしゃいましたよ。あれだけ強そうな方でしたら怪我くらいきっと平気です」

「おっかさんに何かあったらどうしよう。ああ、おっかさん。小石川って言ったな。そうだ、小石川だ……」

藤吉は糸の言葉なぞまったく耳に入らない様子だ。腰を抜かしたような足取りで、一目散に駆けていく。

糸と奈々も慌てて追いかけようと駆け出したが、全速力で走る男の足に従《つ》いていけるはずがない。あっという間に置いてきぼりにされてしまった。

風のように走り去る藤吉をなすすべもなく見送っていると、声を掛けた男が、呆気《あっけ》に取られた顔をしていた。

「いったい何だ、あの剣幕は。ただ道で転んで怪我をしたってだけだぞ……」

糸と奈々は顔を見合わせた。

「あんな旦那さんでは、お通さんがかわいそうです」

奈々はいけないいけない、という顔で、首を横に振った。

6

夕暮れ時、路地にはすっかり涼しい秋の風が吹き抜け、夕餉《ゆうげ》の味噌汁の匂いが漂う。

「それで、藤吉さんは、こう言ったんですよ。『おっかさんに何かあったらどうしよう、どうしよう、えんえんえん』ってね。後から聞いたら、転んで足を傷めただけのようですよ」

右隣の部屋から、奈々が父の岩助に話しかける声が聞こえた。

今日の藤吉の話を面白おかしく語り聞かせているのだろう。

岩助の応じる声は聞こえてこないが奈々の声は明るい。きっと岩助は、奈々のお喋りのひとつひとつに優しい笑みを返して頷いているに違いない。

路地に面した障子を閉めようとして、しばらく奈々の声に耳を澄ませた。

「お糸、どうかしたかい？　なんだかぼんやりしているねえ。浮《うわ》ついた話なら、ぜひとも年寄りに聞かせてごらんよ」

隣の障子から顔を出したイネが、にんまりと笑った。

「まあ、浮ついたお話なんてちっともありませんよ。縁切り状を書いた人たちのことを考えていたんです」

糸は窓から身を乗り出した。

「姑に縁切りをしたいって話だね。若いおきゃんな娘っ子だ」

イネが掌を耳に当てて、聞き耳を立てる真似をした。

「そうです。お通さん、今のままじゃなんだか気の毒な気がして。お通さんは藤吉兄さんのことを大好きなのに、藤吉兄さんは……」

言いかけてから滅多なことをいうものじゃない、と口を閉じた。

藤吉は通のことを「かわいい」と言っていたではないか。気付かぬうちに、どこか兄を誰にも取られまいとする妹のような、意地の悪い心持ちになっていたような気がする。

「あのお通って子はずいぶん若いね。十四か五かそこいらだよ。悪ぶっているけれど声だけ聞いてりゃ、まるで子供じゃないか」

「十四ですって？　お通さん、そんなにお若いでしょうか！」

糸は目を丸くした。

二十五で年増《としま》と呼ばれるご時世とはいっても、親の言いなりに祝言を挙げるわけでもない庶民の娘が、十四で所帯を持つのはやはり早い。

「おイネさん、ぜんぶ聞こえていましたよね。藤吉兄さんってどんな人だと思いますか？　私、さっぱりわからないんです。幼い頃の藤吉兄さんは、とても優しくて頼りになって格好良くて、私にとって誰よりも素敵な憧れの人でした」

言いながら、少しだけ頬が熱くなる。

「それが、今の藤吉兄さんは私の知っていた藤吉兄さんとは何かが違うんです。ご近所のおかみさんたちに、色男とか遊び人、って言われていたり。お通さんみたいに若い娘さんをお嫁に貰ってうまく掌で転がしているつもりでいたり。お母さんにはべったり可愛がられていて……」

「そんなの決まっているだろう」

イネが喉のあたりで笑った。

「あの藤吉って男は、子供のままなのさ。だからお糸、昔から藤吉を知っていたあんたが居心悪くなるのは当たり前だよ。あんたはあれからいろんなことがあって、少しずつ大人になった。でも藤吉は子供の頃に別れたそのときのまんまなんだからね。良い思い出を呼び起こされて懐かしくなることはあるだろうけれど、心の底じゃ、同じくらい薄気味悪さも感じているはずだよ」

「藤吉兄さんの心は、お母さんに引き取られてお寺を出た、十三歳のときのままってことですか？」

糸は眉を顰めた。

私は藤吉兄さんのことを「気味悪い」だなんて思っていないわ。

イネのどぎつい言葉に反発の気持ちも持ったが、藤吉が「子供のまま」と言われてみると妙に腹に落ちてしまうのが悔しかった。

「藤吉って男は、親に甘えられずに十三まで過ごしたんだろう？　お糸をはじめとして小さい子供の面倒を看《み》て、人よりもずいぶん早く大人になったはずさ。それが急に、一癖も二癖もあるおっかさんと暮らすことになった。おっかさんのほうは年頃の男坊主の扱い方なんて少しもわかっちゃいないさ」

イネが首を横に振った。

「赤ん坊みたく可愛がってみたり、大人の男みたく頼ってみたり、って、都合がいいように振り回したんだろうね。そんなせいでいよいよ親離れしなくちゃいけない年頃に、藤吉は子供に戻っちまったのさ」

「確かに藤吉さんのお母さんは、己の心のままに動く人のようでした……」

藤吉の額に残った傷跡が胸に蘇る。

「若すぎる女房を貰う男ってのは、心は子供のまんまってことさ。むさっ苦しい大の男が、心だけはおっかさんが大好きな赤ん坊のままなんて。ああ、気色悪いったらないね」

イネは鳥肌を擦《さす》る真似をして、勢いよく障子を閉めた。

暗闇の中で、糸は目を開けた。

誰かが私のことを見ている。恨みの籠った目で、憎しみの籠った目で。

微かに香の匂いが漂った。

人の着物に染み付いた匂いだ。誰かが部屋の中にいる。着物の裾をなびかせて、部屋の中を自在に歩き回っている。

背筋がぞくりと寒くなった。怖くて怖くて身体中ががくがく震えるが、金縛りに遭ったように身体が思うように動かない。

「藤吉兄さん、どこなの？　藤吉兄さん、助けて！」

喉から声を絞り出すように呟いた。喉元を絞められたように声が出ない。

両目から涙が後から後から溢れ出す。

どうにかして身体を動かすきっかけを作ろうとするように、肩を使って荒い息をする。

「藤吉兄さん！　藤吉兄さん！　行かないで！　そばにいてちょうだい！　ずっと糸のそばにいてよ！」

闇に向かって叫んだ声は、そのまま口から力強く飛び出した。

はっと気付くと、身体が動く。思うままに手足を動かすことができる。

つい先ほどまで枕元を動き回っていた人の気配は、完全になくなっていた。

「……よかった」

思わず大きなため息をついたその時、左隣からイネの咳払いが聞こえた。

「嘘っ！　今の声、聞こえちゃったのね！」

身体を縛りつけるものを断ち切ろうとして発した、かなりの大声だった。長屋じゅうに響き渡っていてもおかしくない。

今度は右隣から、奈々の甲高い咳払いと、岩助の低い咳払い。

「嫌だ、もう。どうしよう……」

よりにもよって藤吉に「ずっとそばにいてよ」なんて想い人を呼ぶような台詞《せりふ》を言うなんて。糸は頭を抱えた。

今のは子供の頃、藤吉が母に引き取られて行ってしまうときに己の心に渦巻いた声だ。今の気持ちとは何の関係もない。切ない思い出に浸る間もなく、そう皆にきっぱりと説明して回りたい心持ちだった。

ふいに、目の前に細長い小枝のようなものが落ちていると気付く。

「何かしら？」

手に取ると指先にざらりとした錆《さび》の感触が伝わった。

錫《すず》でできた簪だ。先のところに珊瑚《さんご》を模した赤い硝子玉《ガラスだま》がついているが、手入れを怠っているせいで錆《さ》びて色が変わっている。

「この簪、いったい誰の心に残っているものなんでしょう？」

糸は闇に向かって語り掛けた。

通が姑に宛てて書いた縁切り状は、今も藤吉が持ったままだ。

ふいに糸の胸に温かいものが広がった。誰かにそっと背を抱き締められているような安心感。

「お糸、何もいないよ、兄さんがそばについていてやるから平気だよ」

耳元で囁く声が聞こえる。

「藤吉兄さん……」

糸は錆びた簪を胸に抱いた。と、簪は跡形もなくふっと消え失《う》せた。

7

今にも雨が降り出しそうな、灰色の曇り空だ。

いつもなら出店がたくさん立ち並ぶ貴船明神さまの参道には、今日は人気も少なく、ぽつぽつと立った屋台も帰り支度の最中だ。

甘酒、と古びた幟《のぼり》の立った出店はすぐに見つかった。

「いらっしゃい、甘酒はどうだい？　身体にいいよ。今日はこんな天気だから、大きな湯呑みに摺《す》り切《き》り一杯、おまけしておくよ」

決まり文句の呼び込みを聞いていると、その声が幼いのがよくわかる。

「お通さん、こんにちは。この子に甘酒を一杯くださいな」

奈々の手を引いた糸が声を掛けると、通がはっとした顔をして、決まり悪そうに目を逸らした。

「お代はいらないよ。あんた、ずいぶんと痩せっぽちだね。ほら、たくさんお飲み。あたいのところは、売るほど余ってるからね」

仏頂面《ぶっちょうづら》で甘酒を用意して、案外優しい姉さんのような声で奈々に手渡す。

「うわあ、なんとまあ甘くておいしいです」

奈々が一口飲んで歓声を上げる。

「そうかい、よかったよかった。それじゃあ、それを飲み終わるまではちょっくら黙っていておくれよ。あんたに口を挟まれるとどうも調子が出なくてねえ」

通がわざと大人びた顔を作り直して、糸に向き合った。

「何の用だい？　藤吉があたいのところに行けって言ったんだろう？」

通は「あたいは戻らないよっ！」と呟いて、鼻先をつんと空に向けた。

「お姑さんが、道で転んで足を怪我されたそうです。幸い大ごとにはなりませんでしたが、しばらくは安静が必要で寝込んでいらっしゃいます」

「だからもうあたいの家の仕事を邪魔する奴はいなくなった、安心して戻ってこいって話かい？　馬鹿にするんじゃないよ！」

通は顔を顰《しか》めた。

「藤吉兄さんは、そうは言っていませんよ。ただ私がお通さんにお伝えしようと思ったんです」

糸が首を横に振ると、通は「じゃあ、あたいは蚊帳の外ってことかい」と今度は急にしゅんとした顔をする。

傍らでは奈々が、喉を鳴らして勢いよく甘酒を飲んでいる。早く飲み終えて大人の会話に参加したくてたまらないのだろう。

「ねえ、お糸さん、藤吉は、あたいのことを大事に思っているのかな？」

通が、子供の声でぽつんと訊いた。

奈々が怪訝そうな顔をして甘酒の湯呑みを口から離す。

「あたいと藤吉は、火事のお救い小屋で出会ったんだ。藤吉は焼け残った家から力仕事の手伝いに来ていてね。とても頼りになって優しくて……。あたいが家族と死に別れて行き場がなくなったって聞いて、うちで一緒に暮らそう、って言ってくれたんだ」

通はその頃を思い出すように頰を緩めた。

「けどね、まさかそれが女房になってくれって意味だとは思わなかったよ。だって向こうは立派な大人で、あたいはあの頃まだ十三だよ。すごく気味が悪く思ってもおかしくないはずなんだけどね。でも、あたいはなぜだかあの人が亭主になるってことが、すんなりと納得できちまったんだ」

不思議そうに首を傾げた。

「けどさ、あの家はなんだか変なんだ。あそこにいると、何もかもが馬鹿げて子供じみたことばっかりさ。婆ぁの意地悪も、あたいが何を言ってもちっとも取り合ってくれない藤吉も、なんだかあそこにいると、あたいは何もできない子供に戻っていくみたいな気がするんだ。せっかく所帯を持つ、ってんで、背伸びして大人の女になったつもりだったのにさ」

通がうんざりした顔で肩を竦めた。

「今は、ここでまっとうに働いているさ。ずいぶん頭がすっきりしたよ。婆ぁの嫌がらせだとか、藤吉がのらりくらりと逃げようとする言葉尻に苛立ったりとか、そんなつまらないことからさっぱり離れて汗水垂らして働くってのは、こんなに楽しいんだねえ、って初めて知ったさ」

改めて見ると、甘酒売りの店先に立つ通の身なりは、長屋で出会ったときよりもずいぶんとこざっぱりしていた。化粧もずいぶん薄くなって口にはろくに紅も差していない。だが、通の若々しい肌にはそのほうが数倍映える。

「お通さん、簪に覚えはありますか？　錆びた錫の簪です。小さな赤い玉がついているものです」

糸が訊くと、通はぎょっとした顔をして「えっ、それ、どこで拾ったんだい？」と、声を潜めた。

「見つけてくれて助かったよ。藤吉には内緒にしてくれているだろうね？　藤吉に事情が伝わったら、とんでもないことになるよ」

通はそう言って掌を差し出した。

「ごめんなさい。私がその簪を見つけたわけじゃないんです」

「へっ？　どういうことだい？　じゃあどうして簪の話を……」

「お糸ちゃんのところに、〝生霊〟が現れるのです！　縁切り状の相手が飛ばした〝生霊〟です」

甘酒をごくりと飲み干した奈々が、一息に言い切った。

「縁切り状の相手って……。あの縁切り状は、まだあの婆ぁには出しちゃいないんだよね？」

「ええ、藤吉兄さんが持っています」

通は何か考えている顔をして俯《うつむ》いた。

「ねえ、お糸さん、そしてお嬢ちゃん、悪いけれど手伝ってほしいことがあるんだ」

「藤吉さんのところへ向かうのですね！　お安い御用でございます！」

奈々が拳をぎゅっと握った。

「いや、残念ながらもっと面倒な力仕事さ。甘酒のお礼に引き受けてくれるね？　なんならもう何杯でも飲んでいってもらって、構わないよ」

通は腕まくりをすると、「あーあ、これは大仕事だよ」と空を見上げた。

8

「奈々は、どぶ浚《さら》い、というのは初めてです。なかなかこれはとんでもない……」

三人揃ってほっ被《かむ》りをしてたすき掛けで着物の袖をまとめ、裾を膝までたくし上げて、笊《ざる》を片手に二本榎のすぐ脇の溝に下りた。

「どぶ、という嫌な呼び名どおり、水が淀《よど》んで汚くて嫌な臭いがしますね。手も足も泥まみれです。これがあの甘酒と引き換えというにはあまりにも……」

奈々がはきはきと利発な声で文句を言って、「追加のお代は後ほど、藤吉さんからきっちりいただきましょう」と糸に耳打ちをした。

「あのときあたいは、ここの大きな石に座っていたのさ。それで立ち上がって、ぽい、っとね」

通が道端の石を指さした。己の髪に差した簪を引き抜いて、放り投げる真似をする。

「ということは、もっとあちらのほうかもしれませんね。小川だったらあっという間に下流に流されていたと思いますが、溝ならば流れがほとんどないので、たぶん見つかりますよ。どれほど泥を掘り起こせば見つかるかは、まったくわかりませんが」

どうしてこんな大仕事を引き受ける羽目になってしまったのだろう。

糸は落ち葉の腐った臭いのする泥の中を笊で浚いながら、ふうっと大きなため息をついた。

「二人とも、悪いけれどしっかり頼んだよ。あの簪、きっと見つけなくちゃいけないんだ」

必死の様子で淀んだ水の中に腕を突っ込む通の顔は、泥が跳ねた跡で、ひどく汚れていた。

「あっ、ありましたっ！　赤い玉のついた簪です！」

奈々が泥まみれの簪を手に、大きく腕を振り回した。

「見せておくれ！」

通が泥水をばしゃばしゃと跳ねかせながら、すっ飛んできた。

奈々から受け取った簪を泥水に幾度も潜らせて、激しく振る。濁った水の中から、世にも美しい南天の実を模した赤い飾りのついた金色の簪が現れた。

「違う、これじゃないよ。こんなお姫さまの宝物みたいな、高価そうなもんじゃないさ。もっと安っぽくて錆びついた簪だよ」

通が簪をぽいっと放り投げた。

「ああっ！　もったいない！　お糸ちゃん、あれはおそらく金無垢《きんむく》でできた簪に違いありませんよ！　古道具屋に持っていけばきっときっと……」

奈々が名残惜しそうに眉を下げた。

と、通が、きゃっ、と悲鳴を上げた。

「いててて、足の裏に何か刺さったよ。これは危ないね。お嬢ちゃんは、草履か何かを履いてから入ったほうが良さそうだ」

　通が泥の中に手を入れる。

　出てきたのは泥に塗《まみ》れ、腐った落ち葉が纏《まと》わりついた汚い棒切れのようなものだ。

「……これだ」

　通が呟いた。棒切れを目一杯細かく振り回して泥を飛ばす。

「わっ、お通さん、泥が飛び散っていますよ。着物が泥まみれになってしまいます！」

　奈々が慌てた様子で己の顔を掌で覆った。

「お糸さん、お嬢ちゃん、ありがとう。見つけたよ。これが、あたいが放り投げた簪さ」

　通が低い声で言った。

　通の手に握られているのは、錆がこびりついてつららのように太くなった簪だ。端っこに半分に欠けた赤い玉がついている。

「……藤吉のところへ行かなくちゃ」

　通は簪に向かって語り掛けるように言った。

　と、背後でざぶんと音が聞こえた。

「ああっ！　見失ってしまいました！」

　奈々の悲痛な声が響く。

「きゃっ、お奈々！　どうしたの！　お通さんの簪は、もう見つかったって言ったでしょう？」

慌てて駆け寄ると、頭の先まで泥まみれになった奈々が唇を蛸《たこ》のように尖らせていた。

「もう、あとちょっとのところでした。泥を浚って、水の中に浮かび上がったところまでは見つけたのです。けれど手に摑もうとしたそのときに、夢のように消えてしまいました」

「まあ、あの金の簪のことね？　もう、お奈々ったら」

糸はぷっと噴き出して笑った。

「いつもながらお糸ちゃんは、何事もあっさりしすぎておりますよ。このご時世、たくましく生き延びるには、奈々くらい物事に貪欲でなくてはいけません」

奈々は決まり悪そうに言ってから、「藤吉さんのところ、奈々も必ず一緒に参りますからね。お着替えをする間をいただきますよ」と、簪を胸に抱いた通の背に向かって声を掛けた。

9

藤吉の家に近づくと、外れかけた障子の隙間から話し声が漏れ聞こえてきた。

「まったくあの娘《こ》は、どこをほっつき歩いているんだろうね。こんなときくらいしか役に立たないのに、行方がわからないなんてね。まったくとんでもない役立たずだよ」

姑が口元をひん曲げている様子が手に取るようにわかる。

「おっかさん、お通を悪く言うのはやめておくれ。あいつはまだ若いのさ。今はあんなでおっかさんに心配ばかりかけているけれど、いつかまともな女房になるさ。俺からもよく言っておくよ」

「ほんとうかねえ。だいたいあんたが優しすぎるのさ。あんな生意気娘、たまには拳でごちんと一発引っぱたいてやらなくちゃって幾度も言っただろう？」

「……おっかさん、物騒なことを言うのはやめておくれよ」

「なんだい、冗談さ。ほんの冗談だよ。そんな顔をするんじゃないよ」

姑の高笑いが響き渡る。

奈々が震え上がった。

「なんて恐ろしいお姑さんでしょう。そして奈々は、藤吉さんの応対も納得いきません。大事なおかみさんをあんなふうに言われて、ちっとも怒らずに困っているだけだなんて……」

「お奈々」

糸は小さく首を横に振った。

奈々は不思議そうな顔で糸の目の先に顔を向けた。

通が胸の前で錆びた簪を手に握り、何かを心に決めた顔をしてまっすぐに藤吉の家を見つめていた。

「藤吉、あたいだよ！」

通が大きな声を出すと、部屋の中の話し声がぴたりと止《や》んだ。

「お通、戻ってきてくれたんだな！　ちょうど今、おっかさんと一緒にお前の行方を心配していたところだよ。お通がいなくてどれほど困ったことか。これまでの話は水に流そう。さあさあ、家に上がってくれ。おっかさんがお待ちかねだよ」

藤吉は家から飛び出すと、通にひしと抱きつくかの勢いで腕を伸ばした。

と、糸と奈々の姿に気付いて怪訝そうな顔をする。

「お糸、どうしてここに……」

はっと気付いた顔で、にっこり笑う。

「そうか、お糸がこいつを説き伏せてくれたんだな。助かったぞ」

「違うよ。お糸さんはあたいが頼んだ縁切り屋さんさ。そこの賢そうな顔をしたお嬢ちゃんもね」

通は迷いない足取りで家の中に向かった。

「お通、おかえり。あんたが戻ってくれるのを待っていたよ。私がこんな足になっちまったせいで、藤吉の面倒を看てくれる人がいないってんで、困り果てていたんだよ」

部屋の奥で横になった姑が、先ほどとは人が変わったように哀れな声を出した。

家の中は汚れた下着が山のように積み上げられていて、煮売り屋で買い求めた総菜の塵が土間に散乱していた。

「ねえ、おかあさん、これ、あげるよ」

通は姑の枕元へ向かうと、胸に握っていた簪を差し出した。

「へえっ？　嫌だね、何だい？　そんな錆だらけの汚い棒切れ、寝床に持ってこないでおくれよ」

姑が身を引いた。

「その簪……」

藤吉が家に上がると、通が握った簪を横からまじまじと眺めた。

「そうだよ、藤吉があたいにくれたもんさ。お救い小屋で仲良くなったあたいに、藤吉がこの簪をくれて、『うちで一緒に暮らさないか』って言ってくれたんだよね？」

「へえっ。藤吉、あんた、こんなのずいぶん安っぽい贈り物だね。錆がこんなに分厚くついちまってるじゃないか。こんなの出店で二束三文の……」

不貞腐《ふてくさ》れた顔で簪をひったくった姑の言葉が途切れた。

「なんだかこの簪、見覚えがあるねえ」

「おっかさんの簪さ。ずっと昔、酔っぱらったときに、おっかさんが俺にくれたじゃないか。忘れちまったのかい？」

藤吉が苦し気な声で呟いた。

「私が、あんたにこの簪を……？」

姑がぼんやりした声で言った。

「いつか藤吉が所帯を持つときがあったら、女房になる娘にこの簪をあげておくれ。これはとても高価で珍しい、この家に代々続く金の簪だよ、ってね」

藤吉が震える声で言った。

「あたい、感動したよ。金の簪をつけるだなんて、まるでお姫さまみたいじゃないか。藤吉と夫婦になったら大事にしてもらえるって思ったよ。この人の心は本物だってね。けどさ、金の簪は偽物だったのさ。使っているうちに、あっという間に錆だらけになっちまったよ」

「当たり前さ。あの簪は安物だよ。ちょいと遊んだ男が祭りの縁日で買ってくれたもんだよ。どこかに落としちまっても、あっそうかいって軽く忘れちまうような……」

言いかけて姑は、まずいことを言ったという顔で口を噤《つぐ》んだ。

「あたいは、藤吉に文句を言ったよ。金の簪じゃなかったのかい？　あたいのことを騙したのかい？　ってね。藤吉はおかしいなあ、そんなはずはない、って言っただけさ。そのうちあたいが簪の話をすると、すごく機嫌が悪くなってってね。あたいも腹が立って、こんな簪があるからいけないんだって、溝に放り捨てちまったのさ」

藤吉は顔を伏せて黙っている。

「お通さん、お気持ちはわかりますが、ここは藤吉さんが悪いわけではなさそうです。酔っぱらったおっかさんの適当な言葉を、馬鹿正直に信じてしまっただけですよ。まあ、本物の金の簪かそうでないかなんて、奈々でさえも一目でわかりますが。お通さんは奈々より姉さんなのに、わからなかったんですか？」

奈々が首を傾げた。

「お嬢ちゃん、意地悪なことを言うねえ。けど今のうちから覚えておくといいよ。大好きな人がくれたもんだと、どんな安物だって金のお宝に見えちまうんだ。目が曇っちまうもんなのさ」

通がため息交じりに言うと、藤吉が「……俺もだ」とぽつんと答えた。

「おっかさんのくれた簪が安物の偽物だったなんて、考えもしなかった。おっかさんの言うとおり、この簪はこの家に代々伝わる宝物なんだ、って信じていたよ」

「うん。藤吉、あんた、おっかさんのことがほんとうに好きなんだね」

通がまるで子供同士がお喋りしているような口調で、寂しそうに肩を落とした。

「けどね、おっかさんのことがこの世でいちばん大好きでもいいのは、赤ん坊だけさ」

通はぷうっと頬を膨らませてみせた。

「赤ん坊……か」

藤吉の頬が紅《あか》くなった。

「あたいは、赤ん坊なんかと所帯を持つのはまっぴらだよ。あたいはこれからもっと大人になるのさ。これまで己にはできないと思っていた新しいことを、たくさんやってみたいんだ。藤吉、あたいが別れなきゃいけないのはあんただよ」

「ちょ、ちょっと待っておくれよ、私のせいかい？　困ったねえ。藤吉、私、あんたたちの邪魔をするつもりなんて毛頭なかったんだよ。私、あんたのことを大事に、大事に……」

姑が頭を抱えて、藤吉に向かって哀れな声を出した。

「ああ、おっかさん、知っているさ」

藤吉が悲痛な顔をして大きく頷いた。

「そうだよね、知っていてくれるよね。おっかさんは、藤吉が大事だよ。誰よりも、何よりも……」

「おっかさん、ちょっと黙っていてくれるかい！」

藤吉が腹の底から大きな声を出した。

あまりの大声に奈々がびくんと飛び上がった。

姑もぎょっとした顔をしてぴたりと口を噤む。

藤吉がゆっくりと振り返って、母の顔をまじまじと見つめた。まるで憎い相手を睨み付けるような鋭い視線だ。膝の上の拳が、今にも摑みかかりそうに震えていた。その場の皆が息を吞んだ。

「……ごめん、おっかさん、そんなに怖がらないでおくれよ。俺が、おっかさんのことを見捨てたりなんてするわけないじゃないか。俺は何があっても、おっかさんと一緒だよ」

藤吉がふっと息を抜いて、諦めたように笑った。

「お通、済まなかった。すべては俺が不甲斐《ふがい》ないせいだ。どうか幸せになっておくれ」

藤吉が通に向かって深々と頭を下げた。

通は不満げな顔をしながらも、「まあ、こうなるのはわかっていたよ」と嘯《うそぶ》いた。

「けれど、一つだけ言わせてくれ」

運命をすべて受け入れると決めた様子だった藤吉の目に、ふいに強い光が宿った。

「俺は、お前を騙すつもりなんてなかったんだ。お前に喜んでほしかった。俺の想いを伝えたかった。この簪はほんとうに、とても高価で珍しい、この家に代々続く……」

「わかってるよ。もういいってば」

通が穏やかな目で藤吉を見た。

「ねえ藤吉、やっぱりその簪、あたいに返しておくれよ。お守りに取っておくさ」

　通が胸を張って掌を見せると、姑が慌てた様子で「は、はい、どうぞ」と簪を渡した。

「何のお守りになる？」

　藤吉が優しい声で訊いた。

　糸ははっと息を吞んだ。藤吉の声が変わっていた。思い出の中の、優しくて頼りになる藤吉兄さんの声だった。

　火事ですべてを失って生きる力をなくした通を温かく慰め、勇気づけた藤吉の姿が目に浮かんだ。

「何って、男運のお守りに決まっているだろう。これから先、あたいはまっとうな大人になるのさ。赤ん坊みたいな男に引っかかったりはしない、大人の女にね」

　通は鼻をぐすりと鳴らした。

「藤吉兄ちゃん、今までありがとう」

　藤吉が目頭を押さえた。

「うん、お通、何か困ったことがあったら、すぐに兄ちゃんに言うんだぞ」

　通と藤吉はじっと見つめ合ってから、二人揃って子供の笑顔でぷっと噴き出した。

10

　路地におかみさんたちの笑い声が響く。

「お奈々、面白そうなことをやってるねえ。何か困っているなら手伝おうかい？」

「いえいえ、お手伝いは必要ありませんよ。皆さん、どれだけ見ちゃいられなくとも、決して藤吉さんにお力添えをしてはいけません。ご本人のためになりませんからね」

こんな朝早くから藤吉が来ているのか。おやっと思って外へ出る。

「ああもう、そうじゃないってば。じれったいねえ。ちょっと貸してごらんよ」

「駄目ですっ！　手を出してはいけません！」

井戸端のおかみさんたちの輪の中に、奈々と藤吉がいた。

「おはよう、お奈々。二人で何をしているの？」

気が合わない二人だとばかり思っていたので、不思議な光景だ。

「あっ、お糸ちゃん、おはようございます！　良いところへいらっしゃいました。おかみさんたちが藤吉さんを助けてあげないように、見張っていてくださいね。さあ、藤吉さん、もう一度最初から始めましょう。力任せじゃいけません。水が溢れないように、そうっとですよ」

奈々が井戸の中に釣瓶《つるべ》をぽーんと落とした。

「よしきた、そうっと、そうっとだな」

藤吉が釣瓶を引き上げると、奈々が「もっと丁寧にできませんか」と鋭い声を出した。

「藤吉兄さん、いったい何をしているんですか？」

藤吉が糸を振り返ってにやりと笑った。

「お奈々先生に、家の仕事を習っているのさ。おっかさんが動けなくてお通もいなくなっちまったからな。俺以外にやる奴はいないだろう？」

「たいへん良い心がけなので、お付き合いしてあげることにしました。九つの奈々ができる仕事を、大人の藤吉さんができないはずはありませんからね」

奈々が胸を張った。

「家の仕事なんて男の力ならあっと言う間に終わると思っていたんだけれどね。なかなか面倒だね」

「少しはお通さんの気持ちがわかりましたか？　今さら後悔しても、どうにもなりませんがね」

奈々が膨れっ面で言ってから、「水が零れています」と厳しい声を出した。

「まあ最初の日はこんなものでしょう。それではこれから洗濯を始めます。小川へ向かいましょう。洗濯というのは、これもかなり面倒ですよ。男の力、なんていって力任せにやったらあっという間に着物を駄目にしてしまいますからね」

「へい、お奈々先生。どうぞお手柔らかにおねげえします」

藤吉は奈々に連れられて、子供のように楽し気に笑っている。

奈々も大きな身体の男相手に、すっかり姉さま気分で得意げだ。

「お奈々に、いい遊び相手ができたじゃないか」

振り返ると、イネが大丸を従えて目を細めていた。

「最初はどうも仲良くなれそうもない二人でしたが。藤吉兄さんはいちいちお奈々の気に障るようなことを言ってしまうし、お奈々はお奈々で藤吉兄さんには、いやに厳しし……」

「藤吉さんは姿勢が悪いですね。どれほど重い洗濯物を抱えていても、前のめりはいけません。腰をどんっと据えて、背をまっすぐに伸ばしなさい」

奈々の叱りつける声が聞こえた。

「子供ってのはそんなもんだろ？　喧嘩するほど仲がいい、ってね。大人になっちまったら、子供に嫌われるような迂闊《うかつ》な真似なんてしないもんだよ」

イネがうんっと伸びをした。

「それじゃあ私は、大丸と二度寝を楽しむとするかね。秋ってのはいいもんだね。いつでもどこでもすやすや眠れちまうよ」

大丸もイネにそっくりな顔で朝陽に向かって伸びをした。

「藤吉さんっ、違います！　そうではないですよ！　藤吉さんの真似をしてみせましょうか？　こうですよ。奈々が運ぶのをちゃんと見ていなさい！」

「へえ、お奈々先生、すみません」

路地の向こうで、奈々と藤吉のはしゃぐような笑い声が高らかに響いた。

第三章　はちまき

1

秋の雨は心地好い。夏の暑さで火照った身体をひんやりと冷やすように、さらさらと雨粒が落ちる。

寒くもなく暑くもない部屋の中で、雨垂れの音を聞いていると、このままずっと物思いに耽《ふけ》ってぼんやりと過ごしていたくなる。

節々に甘い怠《だる》さを感じながら、糸は土間に立ち、里芋の煮付けを大きな器に盛りつけた。

雨に濡れないように手拭いをふわりと被せて、右隣の部屋の戸口で声を掛ける。

「お奈々、私よ。お裾分けを持ってきたから、一緒に食べましょう」

この雨で、奈々はどこにも遊びに出かけることもできず暇を持て余しているに違いない。糸の訪れに大喜びして兎のように飛び出してくるはず――と思ったところでゆっくりと戸が開いた。

「まあ、岩助さんがお部屋にいるなんて珍しい。お久しぶりですね」

出迎えたのは奈々の父親の岩助だ。

「こんな空模様じゃ、出職の大工仕事は上がったりだよ。おうっと、いけねえ」

岩助は背後を振り返ってしいっと呟き、ぴたりと口を閉じてみせた。

少し前に身体を壊して寝込んだのが嘘のように、背筋がしゃんと伸びて鍛え上げられた身体だ。糸に向かってそつなく笑いかける姿にも、己の仕事に精一杯励んでいる者らしい頼もしさがある。

「あら、お奈々はお昼寝中ですか？」

部屋の隅で掻巻に包《くる》まって、奈々がぐうぐうと鼾をかいていた。

普段の奈々は、家の仕事に、糸のところで学ぶ手習いに、さらにお救い小屋の友達のところへ遊びに行ったりと、一日中忙しく走り回っている。

こんな雨の日、それもいつもは忙しいおとっつぁんが一日中一緒にいてくれる日だ。まるで三つの子に戻ったように、安心してぐっすりと寝込んでいる奈々の姿が可愛らしかった。

「お芋の煮つけを持ってきたんです。岩助さんも一緒にいかがですか？」

声を落として框に腰掛けた。器に被せていた手拭いを外して、さあさあ、と勧めると、岩助が眩しそうに目を細めた。

「お糸さん、いつも済まないね。あんたには世話になりっぱなしだよ。ありがとう」

「そんな、いいんですよ。私、お奈々と一緒にいるととても楽しいんです」

改まって言われるとなんだか照れ臭い。

「お奈々には、火事でずいぶん辛い思いをさせちまった。だからこそ、こんなときはできる限り親が側《そば》にいてやらなくちゃいけない、ってわかっちゃいるんだけれどな」

岩助が口をへの字に結んだ。

「銭金の話だけなら、少しくらい仕事を減らしても喰っていけるさ。けれど、今のお江戸には、この町を建て直す大工がどうしても必要なんだとさ。そう泣きつかれたら断るわけにはいかなくなっちまう。うまく行かねえもんだな」

岩助は指先で里芋を一つ抓むと、口にぽいと放り込んだ。

「こりゃ旨いな！　絶品だ！　こんなに旨い芋の煮つけは初めてだぞ！　おうっと、いけねえ、いけねえ。思わずでかい声を出しちまったよ」

岩助はしんみりした場の雰囲気を変えようとするように、大げさに目を丸くして驚いてみせた。

「岩助さん、平気ですよ、お奈々は私がしっかり可愛がっておきます。岩助さんは安心してお仕事に励んでくださいな。お江戸では、岩助さんの技を求めている人がたくさんいます」

長屋で奈々と過ごす時間は、糸にとってもかけがえのないものだ。

気が重くなりがちな縁切り屋の仕事だって、明るく賢い奈々が一緒だからこそどうにか続けることができている。

「お糸さん、そう言ってくれるのは嬉しいさ。けれど、お糸さんに甘えっぱなしは申し訳ねえ。俺がおとっつぁんとして、もっとしっかりしなくちゃいけねえんだな」

岩助が顔を引き締めて、うんっと頷いた。

「えっ？　ですから私は、お奈々と一緒にいるのがとても楽しいので……」

「いいや、俺たちがあんたの幸せの邪魔になっちゃいけねえさ」

岩助がきっぱり言い切った。

「あんたはまだまだ若い。人生これからの年頃の娘さんさ。あんたがお奈々を可愛がってくれているのはようくわかっているし、心から感謝しているよ。けど俺も娘を持ってみると、わかってくることもあるのさ。これ以上、あんたの親切に付け込んじゃいけねえ、ってな」

「いったい何のことですか？」

岩助の真面目な顔に、糸が呆気に取られて首を傾げたそのとき、

「親方、いらっしゃいますかい？」

戸口で明るい声が聞こえて、戸ががらりと開いた。

熊蔵《くまぞう》が籠いっぱいの柿の実を小脇に抱えて現れた。察しの良い熊蔵らしく、薄暗い部

屋の様子と奥に寝ている奈々にすぐに気付いて、見ざる聞かざる言わざるの猿のように口をぴたりと手で押さえる。

「雨の中、焼け跡で片づけをしていたご老人を手伝ったら、お礼に柿をたくさんもらいましてね。けれど一口齧ってみたら、これがとんでもなく渋いんですよ」

熊蔵が岩助と糸とに交互に目を向けて、声を潜めた。

頑丈な男だ。傘も差さずにやってきたのだろう。

熊蔵が犬のようにぶるりと顔を振ると、水飛沫《みずしぶき》があちこちに飛んだ。

「もう、熊蔵さんったらそんなに濡れて。風邪を引いたらたいへんですよ」

大きな身体のくせに子供っぽいことばかりする。糸は器の上に被せていた手拭いを差し出した。

「渋柿か。それはいけねえ。干し柿にしなくちゃ喰えやしねえって話だな」

岩助が渋柿の味を思い出すように、口元に皺を寄せた。

男坊主たるもの、誰もが一度は鮮やかな橙《だいだいいろ》色に惹《ひ》かれて渋柿を盗み食いしたことがあるのだろう。熊蔵と二人、したり顔で苦笑いだ。

「それで、お糸さんに頼もうと思ってね。わざわざ訪ねてきたけれど、姿が見えねえ。ってこったあ、親方のところにいるに違《ちげ》えねえってさ。なんだ、やっぱり思った通りだったよ」

熊蔵は糸が渡した手拭いで驚くほど勢いよく顔を拭いた。口元が拗《す》ねるように尖っている。

「なんだい、そんなに仲良しなんだったら、壁なんて取っ払っちまって一緒に暮らしたらどうだい？　そうしたら、お奈々だって喜ぶに決まっているだろう」

「えっ、熊蔵さん、何を怒っているの？」

きょとんとした心持ちで目を見開いた。

熊蔵の乱暴な口調はずいぶん捻くれて聞こえる。それに言っていることの意味がまるでわからない。

「畜生、もう、お糸さんってのはまったく変わり者だな。親方とお糸さん、もう夫婦になっちまったらどうだい、って言っているのさ。もちろん嫌味さ。嫌味さ、って言ったって、お糸さんは何もわかっちゃくれねえだろうけれどな」

熊蔵が腕白坊主のように顔を顰めて、べえっと舌を出してみせた。

「ええっ！　私と岩助さんが？　どうして急にそんなお話になるんですか！」

考えてみたこともない話だ。

糸は仰天して大きな声を出した。と、慌てて奈々に目を向けて、口元を押さえる。

「熊蔵。やめろ。口が過ぎるぞ。冗談でも言っていいことと悪いことがあるぞ」

岩助が低い声で言った。熊蔵のことをぎろりと睨み付けるような鋭い目だ。

「親方……」

岩助の有無を言わせない物言いに、熊蔵が鼻白んだ顔をした。

「お糸さん、失礼を悪かったね。こいつのつまらない与太話はきれいさっぱり忘れておくれ」

岩助は熊蔵の額をぺちんと叩くと、何事もなかったような顔をして笑った。

2

雨の夜は、路地を進む足音が聞こえない。

大きな傘を差してあちこちぶつかりながらやってくれば話は別だ。だがこんな暗闇を歩いている者は、誰もが忍び足だ。

「失礼するよ。お糸さんってのはここのうちかい？」

ふいに聞こえた押し殺すような若い男の声に、糸はぴたりと動きを止めた。

戸口の向こうから深い苦悩が伝わってくるような、思い詰めた男の声だ。ひとり住まいと思うと、戸を開けるのに躊躇《ためら》う心持ちになる。

思わず右隣の壁に目を向けたところで、岩助の低い咳払いが聞こえた。

何かあったらいつでも飛んでいくぞ、と言ってもらった気がして、糸は小さく口元で笑った。胸に火が点《とも》ったようにぽっと温かくなる。

お隣さん同士、お互いを気遣いながらも相手の胸の内には立ち入らない。やはりこのくらいの距離が一番心地好いな、と思う。今日は熊蔵が妙なことを言い出したせいで、なんだか調子が狂ってしまったけれど。

框に置かれた渋柿の山に、ちらりと目を向けた。

「はいはい、ちょっとお待ちくださいね。〝縁切り状〟のご用でしょうか？」

慣れたふうを取り繕って、いつもよりも低い落ち着いた声を出した。

気の弱った人を前に少しでもこちらが臆した様子を見せては、かえって良くない。

現れたのは、骸骨のようにやせ細った若い男だった。年は二十の半ばくらいだろうか。背は高いがどこか幼さの残る丸っこい顔立ちだ。

「……こんばんは。遅くに失礼するよ」

男は糸の顔を見ずに呟くように言うと、息も絶え絶えの様子で膝に手を当てて身を屈《かが》めた。血の気を失って土気色になった己の頬を、掌で幾度も撫でる。

「お身体の具合が悪いんですか？　大丈夫ですか？」

糸が男の顔を覗き込むと、男は力なく首を横に振った。

「病にかかったってわけじゃねえさ。ただろくに眠っていないんだ。この三年の間、幾日も幾日も朝から晩までこき使われて、頭がおかしくなっちまいそうなんだよ」

男は血走った目で糸を見上げた。

「眠る暇がないだけじゃないさ。毎日ほんの小さな理由を探しては大声で怒鳴りつけられて、役立たずって、お前なんていなくなっちまえって罵られて、ときには殴られて、俺はもうどうしたらいいのかわかんねえんだよう」

「ちょ、ちょっとお待ちください。あなたの働き先のお話ですか？」

ひとまず男を部屋に入れて、行灯《あんどん》をもう一つ点した。

行灯の灯に照らされると、男の顔がひどく窶《やつ》れているのがよくわかる。目は落ち窪《くぼ》んで、頰はげっそりと痩せて、真冬でもないのに唇はがさがさに荒れていた。

「俺は三助《さんすけ》ってんだよ。河岸に人夫を手配する、蜂屋《はちや》って口入屋《くちいれや》に雇われているもんさ」

「蜂屋さん、ですか。なんだか忙しそうなお名前ですね」

「そうさ、働き蜂から取った〝蜂屋〟だからね。俺たちなんざ使い捨てよ。働くだけ働かせて、死んだら塵屑《ごみくず》みてえに放り捨てるのさ。大火の年に幡随院長兵衛《ばんずいいんちょうべえ》の大親分が死んじまってからは、蜂屋は今まで以上にやりたい放題よ」

三助は忌々し気に言い放つと、うう、と呻いて頭を抱えた。

幡随院長兵衛といえば、お江戸で知らない人はいない町奴《まちやっこ》の頭領だ。大火の年に男《おとこ》伊達《だて》を競い合った旗本奴の水野十郎左衛門《じゅうろうざえもん》に殺されたときには、大きく読売に書かれて大騒動になった。

長兵衛の妻が口入屋の娘だったため、長兵衛もその仕事に就いたのだという。男気溢れ皆に慕われる、お江戸に名を遺《のこ》す伝説の口入屋と称された男だ。三助の属している蜂屋も長兵衛の傘下にあったのだろう。

「その蜂屋さんと縁を切りたい、ってお話ですか？」

「そうさ、もう我慢できねえ。あの蜂屋の主人の角一《かくいち》って奴、あいつに縁切り状を送りつけてやるんだ」

三助がいかにも憎々しい様子で「角一」という名を言った。

「お仕事を辞めるのに、わざわざ縁切り状なんて必要ないんじゃないでしょうか？　ただお暇《ひま》をいただく、というだけで、人と人との縁よりももっとずっと単純なことに思えますが……」

「そんなわけには行かねえのさ。あんたは、角一のおっかなさを知らねえから、そんな呑気なことが言えるんだ」

三助が両腕で己の身体を抱いて震え上がった。

「あいつに面と向かって辞めるなんて言った日にゃ、その場で袋叩きよ。そんな甘ったれたことが言えねえように手前《てめえ》の腐った根性を叩き直してやる、って棒切れを持って追いかけてきやがるぜ」

「まあ、そんなことあるんですか。人夫さんっていうのはそんなに荒っぽいんですね」

息を呑んだ。

「人夫とかそんなこたぁ、関係ねえさ。あの角一って奴が、人並外れて凶暴なんだよ。仕ってことで、辞めるなんて口に出した日にゃ俺の身が危ねえからな。それに、万が一事を無断で休んだなんてことになったら、どこまでも追いかけてきやがる。だから縁切り状を送りつけて、とんずらしようってわけよ。あんな地獄のような毎日とはおさらばするんだ！」

三助が天を仰いだ。

「そんな恐ろしい人の元で働いていては、身体を壊してしまいますね。わかりました。お任せくださいな」

糸は小筆を墨に浸した。

三助くらいの若い男ならば、起きている間のほとんどは仕事に励んでいるはずだ。寝る間もないくらいこき使われているという話なので、この調子だと、一日のうちで三助がゆっくり羽を伸ばす暇なんてほとんどないのかもしれない。

そんな毎日の中で、ずっと怖い主人に怒鳴られ、殴られていたら、心も身体もおかしくなってしまう。

三助自身はずいぶん気に病んでいるが、結局のところは使用人と雇い主の関係だ。三助が蜂屋から去って新しい仕事を始めれば、角一は偉くもなんともないただの他人に過ぎない。

最初に聞いたときは大袈裟《おおげさ》にも思えたが、これ以上の揉め事《もごと》を防ぐためにも縁切り状を送りつけてさっぱりするのは正しい姿に思えた。

「文面はどうしましょう？」

糸が訊くと、三助は「ああ、ありがてえ。お糸さまさまだ」と両手を合わせて拝む真似をした。

「『お暇をいただきます。三助』。文面はそれだけさ」

言った途端、三助の顔色がみるみる明るくなっていく。長年の肩の荷が下りたような、何とも幸せそうな様子だ。

「はい、出来上がりましたよ」

「なんだ、ほんとうにあっという間だな。けど、どうしてもこの一言が言えなくて、俺は三年もずっと苦しみ続けていたんだよ。何だか馬鹿らしいったらねえな。俺は蜂屋にしがみつく必要なんて端《はな》からなかったってのにさ」

三助が憑《つ》き物《もの》が落ちたように寛《くつろ》いだ様子で言った。

「新しいお仕事は決まっているんですか？」

「実は俺の生家は、千住《せんじゅ》で商売をしているのさ。ちょっと家にいづらい理由があって飛び出したんだけれどね」

三助はどこか決まり悪そうに言った。

「そうでしたか。それでは生まれた場所に戻って、お家を継がれるんですね」

お江戸で人夫や駕籠《かご》かきなどその日暮らしの仕事をしている者の中には、時折、田舎では誰もが知っているような大金持ちの家の息子がいると聞く。華やかな場所に惹かれてか、はたまた生地では暮らせないよほどの事情があってか。

我儘《わがまま》息子たちは二十を過ぎるまでのらりくらりとその日暮らしを続け、いい加減己がもう若くないと気付いた頃にふらっと生地に舞い戻る。

身寄りのない糸からすると、田舎に立派な後ろ盾があるのは何とも羨ましい限りだ。だが、そんな恵まれた三助でさえ辞めると言い出せなかったと思うと、蜂屋の横暴ぶりは推して知るべしだ。

「今は家の商売のほうは弟が継いでいるんだが……、まあ、そんなこたぁどうでもいいな。とにかく俺は千住に戻りゃ、とりあえず己の食い扶持くらいはなんとかなるってことよ」

三助は話を切り上げるように、ぽんと掌を打ち鳴らした。

「よしっ。これで俺は、蜂屋とも角一ともおさらばさ。そう思うと、どうして蜂屋みてえな酷《ひで》えところで三年も働けたもんか、ぞっとするね。あそこで働いている奴らってのは、みんな角一のことが怖すぎて頭がおかしくなっちまってるのさ」

三助は己のこめかみを人差し指でとん、と叩いて、顔を顰めてみせた。

3

秋の長雨は次の朝になっても降り続いていた。

「お奈々、助かるわ。お礼に干し柿が出来上がったら、大きくて美味しそうなものを好きなだけ選んでちょうだいね」

糸は薄暗い部屋の中で、小刀で渋柿の皮を剝いては奈々に手渡した。

「お任せください。奈々はとても手先が器用でございますからね。それに手が小さいので、大人には難しい細かい仕事も軽々です」

奈々は柿を紐《ひも》に結び付けては、一つ一つ顔の前に持ち上げてにんまりと笑った。

「こんな美味しそうな柿が渋くて喰えたものではないなんて、どうにも信じられませんねえ」

奈々がふんふんと匂いを嗅ぐ真似をしてみせた。

土間では今日も雨で作事が休みとなった岩助が、真剣な面持ちで木槌を振るっていた。

「さあ、できたぞ。こんなもんだろう」

岩助が糸を振り返って得意げに笑った。水桶の持ち手が古びて折れてしまったものが、まるで新品のように綺麗に直っていた。

「わあ、ありがとうございます。さすがですね」

「お糸ちゃん、当たり前ですよ。お江戸の大きな建物をひとりで軽々作ってしまうおとっつぁんにとっては、水桶を直すなんて朝飯前でございます」

奈々が岩助とそっくりな顔をして、得意げに鼻の穴を膨らませた。

「こっちこそ楽しかったよ。昨日から作事に出られなくて腕がなまっていたから、熱中できたさ」

岩助が肩を回した。

「まったくおとっつぁんは立派でございますね。己の仕事に励んで、己の技で皆を喜ばせるのが大好きなのですよ。奈々も大人になったらおとっつぁんのような心意気で、懸命に仕事に励みたいものでございます」

奈々が岩助に憧れの目を向けた。

「嬉しいことを言ってくれるな」

「ええ、おとっつぁん、もっともっとお仕事に励んで、お江戸の皆を幸せにしてあげてくださいませね」

「……そうだな」

岩助が少し眉を下げて、奈々の頭を撫でた。言葉とは裏腹に、奈々が日々寂しい思いに耐えていることに気付いているに違いなかった。

「ところで昨夜の三助って男、ずいぶん思いつめていたな。大の大人が仕事の場に居場所がないってのは、何より辛いことだろうけれどな」

奈々の目がきらりと光った。

「奈々は、あの三助さんって人の話がさっぱりわかりませんでした。おとっつぁんの言うとおり、三助さんはもう大の大人なのですよね。怒鳴ったり殴ったりしてくる嫌な人がいたら、言い返したり逃げ出したり、いくらでもやりようがあるはずです。いくら蜂屋のご主人が恐ろしい人と言っても、命まで取られることはないでしょうに。何をそんなに及び腰になっているのでしょうか」

奈々が早口で身を乗り出した。

「仕事ってのは、なかなか難しいもんなのさ。大人が仕事を途中で放り出す、ってのは途方もなく勇気のいることだからな」

岩助が、奈々の素直な感想がかわいらしくてたまらないという様子で、また頭を撫でる。

「奈々は、もしも手習いや踊りにそんな嫌なお師匠さんがいたら、すぐに逃げ出します。こんな酷《ひど》いことをされた、って近所のおかみさんたちみんなに触れ回って、誰も近づかないようにとんでもなく悪い評判にしてやりますよ」

奈々がひそひそ話をするように口に手を当てた。

「まあでも、三助さんは蜂屋を辞めてよかったと思います。ここしばらくの縁切りの中で、私、珍しくすっきりしました。きっと生まれ育った千住に戻って、今までの何倍も幸せに暮らせるはずです」

糸は己に言い聞かせるように言った。

三助の怯えた目に恨みがましい顔つきを思い出す。二六時中あんな顔をして働いていたら、きっとあっという間に身体を壊してしまったはずだ。

「主人が使用人を怒鳴りつけたり、殴ったり、寝る間もなくこき使う、って。そんなのは今の世はいくらでも聞く話だよ。けれどそんな無茶なことが、いつまでもまかり通るはずがねえさ。人には我慢の限界ってもんがあるからな。ぎりぎりまで追い詰められて、主人を半殺しにして金をそっくり持ち逃げした使用人の話ってのも、同じくらいよく聞く話だよ」

岩助は奈々を気にしてか、物騒な言葉をなるべく冗談めかして言った。

「そんなふうにどうにもならなくなっちまう前に、三助は蜂屋を辞めることになってよかったさ。けどね」

岩助が声を潜めた。

「これからすっきり楽しく暮らせるか、ってのは、それはわからねえぞ」

「えっ、どうしてですか？　三助さんは辛い仕事からも怖い角一さんからも離れることができるんですよね？　悩み事は何もなくなるのだから、うまく行くに決まっています」

　糸は目をぱちくりさせた。

「そりゃもちろん、そうなるように祈っているさ。俺だって最初から、気楽な親方仕事をしていたわけじゃねえからな。かつての兄弟子だったあいつの憎たらしい顔は忘れやしねえさ。もしも今、町で会ったらただじゃ済まさねえぞ」

　岩助が拳を握って、わざと歯を剥き出して怒った顔をしてみせた。

　糸はぷっと噴き出す。

と、奈々の「きゃっ！」という声が響いた。

「わ、わ、たいへんです。たいへんです。お口が、梅干しを放り込んだみたいに皺だらけになってしまいます！」

　奈々が己の口を押さえてうんうん唸っている。

「おうっとお奈々、渋柿を盗み喰いしたな。渋柿ってのは大きくて綺麗な橙色をしていて、いかにも美味《うま》そうだろう。気持ちはようくわかるぞ」

　岩助がわっはっはと声を出して笑った。

　糸も一緒に笑う。

　路地に面した障子の隙間から、表をイネが通るのがわかった。

「ああ、うるさいったらないよ。何がそんなに可笑しいんだかねえ」

イネはひとり言というには大きすぎる声で言うと、へくしょんとくしゃみをした。

4

月の光が障子の向こうで輝いている。明日はようやく晴れ空になりそうだ。

ここしばらくの作事の遅れを取り戻すために、きっと岩助は明日からしばらく夜遅くまで働くことになるだろう。

糸は月明かりに朧《おぼろ》げに浮かぶ天井の木目をぼんやりと眺めた。

明日起きたら、私は――。

胸の内で唱える。

溜まっていた洗濯物を片付けて、路地の掃き掃除をして。きっと棒手振《ぼてふ》りの豆腐屋もやってくるはずだ。美味しいお豆腐の味噌汁に麦飯を炊いて、奈々と一緒にお昼を食べよう。

少々面倒な難しい写本の仕事はひとまず置いておいて、早く終わる細かい代書の仕事を次々と終わらせてしまう日にしてもいいかもしれない。そうすればきっと気持ちがすっと晴れる。

明日のことを考えるとわくわくする。

きっと楽しいことばかりではなくて、難儀なこともたくさんあるけれど。けれども己の力を使い、己にしかできない仕事を進めるのはやはり気持ちの良いことだ。

三助は今頃どうしているのだろう。嫌な仕事先と縁を切ることができて、さっぱりと新しい人生に向かっているのだろうか。

そうであってほしい、と思う。

弱い立場の使用人を怒鳴りつけたり殴ったりしてこき使うなんて、絶対に間違っている。

このご時世、そのくらいのしごきには耐えなくては一人前になれない、という考え方もあるのはわかる。

だが、たった一度きりしかない人生だ。せめて和《なご》やかにお互いを思いやり合って働きたい。

甘やかされた子供のように、何でもかんでも褒めてもらうことはできないのはわかっている。けれどひたすら不満と怒りを胸に湛《たた》えて働き続けるなんて、辛すぎる。

「これからすっきり楽しく暮らせるか、ってのは、それはわからねえぞ」

昼間の岩助の言葉が胸を過《よぎ》った。

岩助はどうしてあんな不穏なことを言ったのだろう。

「そんなことないわ。三助さん、きっとうまく行きますよ」

暗闇に向かって、無理に明るい声をかけた。

ふいに一枚の白い布が、天井あたりでゆらゆら揺れているのに気付いた。

布は、風もないのに上がったり下がったり、まるで水の中を揺蕩《たゆた》うような動きだ。

半身を起こして、じっと見上げた。

糸の顔のすぐ横を通ったところで、咄嗟《とっさ》に手を伸ばして摑む。

「手拭いかしら？　でも、こんなに濡れて……」

水に濡れた真っ白な布切れだ。輪のように結んである。

しばらく掌の中のものを見つめてから、はっと気付いた。

「これ、鉢巻よね」

試しに輪を解《ほど》いて、己の額あたりをぐるりと一周してみる。ずいぶんと大きい。

「三助さんから縁切りを言われた蜂屋のご主人の心に、この鉢巻が残っているんですね？」

暗闇に向かって念を押す。

鉢巻が額に触れた途端、背筋がしゃんと伸びて目の前が明るくなった気がした。

「たいへん、これじゃちっとも眠れないわ。今から飛び起きて、お仕事を始めなくちゃいけない気分よ」

糸の言葉が終わる前に捻《ねじ》り鉢巻はふっと消えた。

5

久しぶりに晴れ間の覗いた朝。このところ続いた雨で外を舞っていた埃が綺麗に流されたのか、秋の葉の香ばしい匂いが一層清々しく感じられる。

大掃除にはぴったりの日だ。

糸は、厳しい霊山寺のご住職仕込みの綺麗好きだ。

縁切り屋稼業を始めてからは、前にも増して部屋の整頓を心がけていた。

そして何より風通しを良くするように。

縁切り状を頼みにやってくる人々の重苦しいため息を、さっぱり外に流してしまわなくてはいけなかった。

障子を開け放って風を入れ、部屋の中を片付けた。固く絞った雑巾で床を拭いて部屋の隅に溜まった埃を取ると、胸の中も涼しい風がすっと通るような気がした。

「お糸ちゃん、おはようございます。お掃除をされているんですね。何かお手伝いをさせていただきましょうか」

表の障子から顔を覗かせた奈々が、人懐こい顔をして笑った。

「ありがとう。あとは土間だけで終わるところよ。久しぶりのいいお天気ね」

額にかかったおくれ毛を払って顔を上げる。と、奈々が不思議そうな顔で土間を見つめていた。

「あれっ？　あそこに落ちているのは何でしょう？」

つられて振り返ると、土間の隅に濃い藍色の巾着袋が落ちていた。

「まあ、ちっとも気付かなかったわ。ここしばらく雨で薄暗い日が続いていたから」

慌てて拾い上げると、使い込んだ巾着袋には〈せんじゅ　みなとや〉と染め抜かれている。大店が、得意客や身内に配ったものだろう。

手に取ると、明らかに銭が入っているずっしりとした重みが伝わった。

「千住ということは、三助さんの忘れ物ですね。三助さんのお家は、千住で商売をしていたはずです」

戸口に回って飛び込んできた奈々が、巾着袋と糸の顔を交互に見た。

財布代わりの巾着袋を落として、きっと三助は困っているに違いない。

「それでは早速、千住まで参りましょう！　良いお天気に恵まれてよかったですね！」

奈々が目を輝かせてうんっと大きく頷いた。

6

大川に架かる千住大橋を渡った向こうが千住宿《じゆく》だ。

大火の日、大川沿いまで逃げた人々は我先にとこの橋に殺到したと聞く。押し寄せる人の波のせいで橋を渡ることができなかった者も多く、大川の水面にはたくさんの焼死体が浮いた。

「お糸ちゃん、気持ちのいい川辺でございますねえ。ほら、あんなに水が澄んでいますよ。お魚も見えそうですね」

奈々が仔犬《こいぬ》のように先を行っては戻ってきて糸の手を引く。焼け跡をトンボが飛び交っている。

建て直された千住大橋はかつての地獄絵図をすっかり忘れさせる平和な場所だ。美しい川の流れを越える長閑な橋だ。

橋を渡ると、お江戸とは急に光景が変わった。真新しい建物の中に、煤だらけの焼け残りがぽつぽつと点在するお江戸とは違う。千住には昔ながらの街並みがそっくりそのまま残っているのだ。

「ちょっとお尋ねします。みなとやさん、というのはどちらでしょうか？」

「ああ、こっちだよ。ここいらじゃ知らない人はいないさ」

道行く人に尋ねると、案内されたのは千住宿の高級料亭に食事を出す仕出し屋だった。どこからどう見ても〝大店〟という様子の立派な店構えだ。

「失礼いたします。こちらの巾着袋のことでお尋ねしたいのですが」

こんな大きな店にいきなり飛び込む勇気はない。少々臆しながら、店先で掃き掃除をしていた丁稚《でっち》の小僧に声を掛けた。

「ああ、落とし物ですか？　でしたら生憎、お力にはなれそうにありません。みなとやの巾着袋は千住宿で大人気のお土産物です。ここいら一帯の方々はもちろんのこと、旅の方もたくさんお買い求めになっていますので」

小僧が申し訳なさそうに言った。

「仕出し屋さんなのに巾着袋を売り出すなんて、不思議でございますね」

奈々がきょとんとした顔をした。

「ええ、うちの三代目は商いの才があって皆に慕われる立派な方なんです。土産物っていうのは一目でどこで買い求めたものだかわからなくちゃいけない、というのが口癖でして。絵描きに頼んで、こんなに洒落《しゃれ》た染め抜きを考えました。今では、前掛けや、手拭いにまで……」

小僧が懐から手拭いを取り出すと、そこには巾着袋と同じ字体で〈せんじゅ　みなとや〉と描かれていた。

初めて見たときはただの店の名としか思わなかったが、じっと見ているとだんだん〈せんじゅ　みなとや〉という字の運びに心惹かれていくのがわかる。

絵描きの筆というのはやはり力がある。言葉が、ただの字ではなくて人を酔わせる絵に変わる。皆がこぞって土産に買い求める気持ちがわからなくもない。

「そうでしたか。では三助さん、という方もご存じではないですよね?」

糸は肩を落とした。

「三助、ですって?」

丁稚の小僧が引き攣った顔をした。すぐに慌てた様子で肩をぎゅっと縮めて周囲を見回す。

「ご存じなんですね? 三助さんは、いったいどこにいらっしゃるんでしょう?」

奈々が身を乗り出した。

「しっ、お嬢さん、その呼び名を口に出すのはここではご法度《はっと》です」

小僧は本気で怯えた顔をしている。

「旦那さまは、少し前に戻られて、今は屋敷の奥でお休みになられています。旦那さまの落とし物を届けていただいたのですね。わたしで何か失礼があってはいけませんので、ぜひ直接お会いになってお渡しになっていただけましたらと……」

小僧が急によそよそしい口調になった。糸と目を合わさないようにしながら、さあさあ早くお行きください、とでもいうように暖簾《のれん》の掛かった店先を示す。

と、暖簾が揺れた。

「おうっ、箒の音が聞こえねえぞ! 何を怠けていやがるんだっ!」

眉間に青筋を立てて飛び出してきたのは、いかにも金持ち然とした絹の羽織姿の三助だ。ほんの数日前に、糸の部屋で蜂屋の主人に怯えて震えていたのが嘘のように、堂々たる様子だ。

「へっ？　どうしてお糸さん、あんたがここに？」

三助が糸の姿に気付いて目を丸くする。ばつが悪そうに振り上げていた拳を懐に収めた。

「はじめまして。私はお糸ちゃんの助手を務めております奈々と申します。落とし物を届けに参りましたよ。〈せんじゅ　みなとや〉と染め抜かれた藍色の巾着袋でございます」

奈々が胸を張った。

「三助さんのお家はとんでもないお金持ちだったんですね。こんなくたびれた巾着袋を銭入れとして大事に使われているようでしたので、きっととても困っていらっしゃるに違いないと慌ててやって参りましたが……」

「こらっ、お奈々、余計なことを言わないの。三助さん、ごめんなさい。こちらがその忘れ物です」

糸が巾着袋を差し出すと、三助は「お、おう、わざわざ済まないな」といかにも居心悪そうに答えて、小僧の目を気にする様子でさっと素早く懐に隠した。

「何をじろじろ見ていやがるんだっ！　さっさと手を動かせ！」

三助がどすの効いた声で唸ると、小僧がぶるりと身を震わせた。

「へ、へいっ！」

泣き出しそうな声で言って顔を伏せ、一心不乱に箒を動かす。

「お糸さん、失礼がなかったかい？　あいつは、どうしようもねえ役立たずさ。弟の四《し》之助《のすけ》が家を継いでから、使用人をずいぶん甘やかしたもんだからね。今まで俺がいた蜂屋だったら、ここの使用人は手代から小僧までみんな角一に殺されているぜ」

三助の声には、先日会ったときとは別人のように力が漲っていた。だが同時にその物腰には、あの時にはなかった横暴さが見え隠れする。

「早く行けっ！　いつまでも同じところを掃いてどうすんだっ！　まったくお前は使えねえ野郎だなっ！」

三助が怒鳴ると、小僧がきゃっと叫ぶように駆けていった。ひらりと手拭いが落ちる。

「あっ、落としましたよ」

奈々が手拭いを拾い上げると、三助がいかにも面倒臭そうに舌打ちをした。

「いいさ。そんなもの、そのへんにぽいって捨てちまえよ」

「ええっ、そんな……」

奈々は眉を八の字に下げて、糸の顔と己の掌の中の手拭いを交互に見つめた。

糸もどうしたら良いかわからず、肩を竦めた。

蜂屋と縁切りをした三助が、怖い主人に怯えることなく生き生きと暮らすことができればいいと願っていた。だが生まれ育った家に戻った三助は、今度は使用人に対して己がされて苦しんだのと同じことをしている。

こんな姿を望んでいたわけではなかったのに。

「三助さん、鉢巻に覚えはありますか？　水に浮かんだ鉢巻です」

糸は思わず口に出した。

「へっ？　いったい何のことだい？」

三助が怪訝そうな顔をした。

「蜂屋のご主人の角一さんが、三助さんに鉢巻を渡されたことはありませんか？」

その名を聞いた途端、三助の顔が急に紙のように真っ白になった。

「か、角一だって？」

「何だい急に、驚かさないでくれよ。あいつの顔はもう二度と思い浮かべなくて済むと思っていたのに」

三助の唇が震えている。そんな口元を隠そうとする指先も震えていた。目が落ち着きなくきょろきょろと動き、額にびっしょりと汗が滲んでいる。

「お糸ちゃんは、縁切り屋さんでございます。縁切り状を送られた角一さんの胸に残ったものが見えるのです」

奈々が三助のすっかり狼狽《ろうばい》した様子に、不思議そうな顔をした。

「か、角一の胸に残ったものだって？　鉢巻だって？　そんなものはまったく覚えがないね。ほんとうだよ」

大きく首を横に振る。

声が震えてはいるが、三助の言葉に隠し事はなさそうだ。

「悪いが、そろそろ店に戻らせてもらうよ。俺は、やらなくちゃいけねえことがいっぱいあるもんでな」

三助は逃げるように暖簾の向こうに消えた。

7

「三助さん、角一さんの名を聞いた途端に顔色が変わっていましたね。蜂屋さんで働いていた頃に、よほど怖い思いをされたのでしょう」

千住大橋へ向かう一本道を戻りながら、奈々が白けた顔で呟いた。

「怖いご主人に怯える気持ちがわかるならば、どうして三助さんは、小僧さんにあんなに意地悪く当たることができるんでしょうか。小僧さんがどれだけ身の細る思いをしているか、三助さんならば知っているはずなのに」

奈々が足元の小石を蹴った。小石はぽーんと飛んで、もっと大きな石にがつっと当たる。

案外、強い力で蹴ったようだ。奈々の胸に広がる割り切れなさが伝わってくるようだった。

そのとき、背後から砂利を踏む急ぎ足の足音が聞こえた。

「失礼、お糸さんとおっしゃいましたね。少しよろしいでしょうか」

振り返ると、そこにいたのは、三助にそっくりな顔をして、三助よりもずっと落ち着いた光を瞳に宿した男だった。

「私は、この三年、みなとやの主人を務めておりました四之助と申します。先ほどは兄がお世話になりました。せっかくご親切に落とし物を届けに来てくださったのに、まるで追い返すような失礼な真似をしてしまい、申し訳ありません」

四之助は深々と頭を下げた。おそらく近くの物陰で、三助と糸たちとのやり取りをすべて聞いていたのだろう。

「いえ、いえ、いいんです。せっかく三助さんが気を取り直してお仕事に励まれているときに、角一さんのお名前を出すべきではなかったんです。それに鉢巻のことも。きっと縁切りは、うまく運んだということなんですから」

丁稚の小僧が気の毒で、思わず鉢巻のことを思い出してしまった。だが、そもそもこの縁切りには誰も文句をつけていないのだ。

角一が怒鳴り込んでくることもなければ、三助が気を落としているわけでもない。久しぶりに双方が納得の上、すっきりする縁切りのはずだ。

縁を切ったその後の三助の生き方にまで口を出してはきりがない。

「その鉢巻のことですが、『水に浮かんだ鉢巻』とおっしゃっていましたね？　どうしてもお伝えしたいことがあります。三年前、兄がこの家を出ることになったきっかけの出来事です」

四之助が意を決したように言った。

「それは何とも大事そうなお話でございますね。ぜひお聞かせください。確か三助さんは千住の生家にいられない事情があって、お江戸の蜂屋さんで働いていたはずでしたよね？」

奈々が目を輝かせて、ごくりと唾を呑んだ。

「兄のほんとうの名は、三助ではなく三之助《さんのすけ》です。私たち兄弟には、さらに上に二人の兄がいたんです。一之助《いちのすけ》と二之助《にのすけ》という名の、兄貴たちがね。二人は三之助兄とは少し年が離れていて、とても賢く力持ちの頼りになる兄たちでした。特に長子の一之助兄は、この店の跡継ぎとして立派に父を支えておりました」

「確かに、三之助さん、なんて、どう見ても長子につける名ではございませんね。三番目の子でなくてはおかしいです」

　奈々が糸に向かってこっそり囁いた。

「三年前の冬の日、三之助兄は大川で釣りをしていたところを、足を滑らせて水に落ちてしまいました。三之助兄は昔から風来坊のようなところがありまして。あのあたりで釣りをするのは危ないと皆から再三言われていましたのに、まったく頓着していなかったんです」

　四之助が暗い顔をした。

「真冬の大川に落っこちたら、ひとたまりもありません」

　奈々が話の先が見えた様子で、泣き出しそうな顔をした。

「最初に助けに向かったのは、一之助兄です。迷うことなく冷たい水に飛び込んで、大声で助けを呼びました。二之助兄はそれに続きます。二人の兄で力を合わせ、三之助兄を陸に上げました。見守っていた皆がほっと胸を撫で下ろしたそのときに――」

　四之助の顔が悲痛に歪んだ。

「二之助兄が、こむら返りを起こしたのです。悪いことに、二之助兄は近くにいた一之助兄にしがみついてしまった」

　四之助はこれ以上は辛くて話すことができない、というように口を一文字に閉じた。

「父は失意のあまり、それからすぐに亡くなりました。父の葬式の夜、三之助兄は誰にも行き先を告げずに、ふらりといなくなってしまったのです。それからまったく一度も便りはなく、数日前にいきなりここへ現れました」

「残された四之助さんが、せっかくこれまで奮闘してみなとやを支えてきたのに、いきなり現れてご主人面《づら》、なんて虫がよすぎます。それにあんな横暴な振る舞いをして。四之助さんが使用人との間に築いてきたものがぶち壊しでございます」

奈々が眉を顰めた。

「いいえ。このみなとやを継ぐのは、今は長子となってしまった三之助兄と決まっています。私はその点で兄に逆らうつもりは一切ありません。戻ってきてくれてよかったと心から思っています」

四之助は己に言い聞かせるように頷いた。

「ですが、先ほどの鉢巻のお話。それも『水に浮かんだ鉢巻』のお話は、どうにも引っかかるのです。もしかしてそれは、亡くなった一之助兄から私たちへの言伝《ことづて》なのではないかと」

「一之助さんは、亡くなったとき鉢巻をされていたんですね」

糸が静かに訊くと、四之助が頷いた。

「三之助兄が溺れているのに気付いて川に飛び込んだとき、一之助兄は店先で人夫に混じって荷下ろしの力仕事の最中でした。きりりと捻り鉢巻を締めて、一所懸命に仕事に励んでおりました」

四之助の目に涙が浮かぶ。

「二人の兄の軀《からだ》が引き上げられてからも、鉢巻は遠くの流木に引っかかって幾日も川の流れに留まっておりました。まるで一之助兄の心残りを表すようで、何ともいたたまれない光景でした」

四之助が大川の流れに目を向けた。

辛い出来事を思い出してしまったように、うっと呻いて親指で目頭を押さえる。

「けれど、お糸ちゃんが請け負ったのは、三助さんと蜂屋のご主人との縁切りです。三年前に亡くなった一之助さん、二之助さんとは何の関わりもないように思えますが……」

奈々が遠慮がちに口を挟んだ。

「ええ、存じておりますとも。ですが、私には、どうしてもこの一件には、一之助兄の想いが関わっている気がしてならないのです。三之助兄の身を案じ、そしてこのみなやを案じる一之助兄の優しい眼差《まなざ》しに、触れたような気がしたのです」

四之助は肩を震わせて泣いていた。

大の男らしからぬ振る舞いに、この三年の間、大きな悲劇の起きた家でひとりその身に背負っていたものの重さが感じられた。

8

ここへやってきたときの三助の怯え切った様子。千住では人が変わったように、横暴に小僧を怒鳴りつける姿。みなとやを襲った悲しい出来事に、一之助兄を慕って泣き崩れる四之助の姿。

いろんなことをぐるぐると考えていたら、眠りが浅くなって暗いうちに目が覚めてしまった。

夜明けとともに現れる豆腐屋の呼び声に、障子を開けてこっちこっち、と手招きをした。

藍色の空がほの白く輝き始めていたが、まだ路地に賑《にぎ》わいはない。早起きのおかみさんたちだけが、家族を起こさないようにこっそり動き始める頃だ。

「お豆腐一丁、お願いします。朝早くからせいが出ますね」

「はい、まいど。おまけしておくよ」

豆腐売りが、形が崩れた豆腐を柄杓で掬《すく》った。

「わあ、ありがとうございます。こんなに食べられるかしら」

奈々の顔をちらりと思い浮かべて、今日の食事は豆腐づくしだ、とくすっと笑う。

棒手振りの豆腐売りのきびきびとした動きを見ていると、寝起きのまだぼんやりしていた頭が次第にはっきりしてくる。

きっとこの男にも気掛かりな悩み事のひとつやふたつ、必ずあるに違いない。だが今このときは、余計なことを考えず目の前の仕事に精一杯取り組もう。そんな胸の内が聞こえてくるような姿に、こちらも身の引き締まる思いがした。

「こっちもひとつおくれ。私にもちゃんとおまけをつけておくれよ」

左隣の戸が開いて、イネが顔を覗かせた。

「ちがうよ、それじゃなくてこっちの大きいやつを取っておくれよ。こっちは老い先短いお得意さまだよ。今、よくしてくれたら、私の葬式ではあんたのところの豆腐をどんっと大判振る舞いしてやるさ」

そんな際どい冗談を言いながら、たくさんおまけさせてほくほく顔だ。

「お糸、あんた今朝はいやに早いね。若い者が、年寄りより早起きしてどうするんだい？」

豆腐屋に銭を払い終えたイネが、さてと、と興味津々《しんしん》という顔を向けた。

「おはようございます。昨日は少し遠出したらいろんなことがありすぎて、早く目が覚めてしまったんです」

「千住で三助って男に会ったんだろう？　弟がひとりきりで守ってきた生家に急に戻ってふんぞり返ってるってんだから、ろくなもんじゃないね。使用人をそんなごたごたに付き合わせていたら、どれだけの大店だろうとそう遠くないうちに傾いちまうさ」

「まあ、ぜんぶご存じなんですね」

糸は目を丸くした。いくら何でも伝わるのが早すぎる。

「昨日、お奈々から聞いたのさ。蜂屋の角一とどうしても話したい、って言うもんだからね。人夫を使う口入屋だったら、朝、夜明け前に鎌倉河岸のあたりに行ってみれば人を集めているんじゃないか、って教えてやったよ」

「角一さんと話したい、ですって？　お奈々がそう言ったんですか？」

仰天して訊き返した。

昨日、四之助と別れてからの光景を思い出す。

「お糸ちゃん、角一さんに会いに行かなくてもよいのでしょうか？　お糸ちゃんのところに現れた鉢巻が、亡くなった一之助さんとは関係がないのはわかります。では、角一さんの胸に残ったものということになりますよね？」

奈々が己の頭の中を整理し直しているように、人差し指で額をとんと叩いた。

「でも、三助さんは、鉢巻なんて何も覚えがないと言っていたわ。きっと今回現れたものは、何かの間違いだったのよ」

奈々が少しも納得していない顔で、うーんと首を傾げた。

乱暴で恐ろしい男、と三助からさんざん聞かされた角一に、わざわざ会いに行くのは、気が進まなかった。

　それに三助と角一、縁切りをすべき二人はもう別の道を歩み出しているのだ。

　誰からも求められていないのに、余計なことに首を突っ込んではいけない。そうやって己に言い聞かせながらも、四之助の男泣きの声が耳から離れない一夜を過ごしたのだ。

「おーい、おーい」

　元気な呼び声に慌てて振り返ると、奈々が路地を一目散にこちらに向かって駆けてきた。

「お糸ちゃん、たいへんです！　角一さんが、お糸ちゃんにとても大事なお話があるとおっしゃっていますよ」

「えっ、お奈々、ほんとうに角一さんのところに行ったのね!?　それも子供がひとりで訪ねていくなんて、そんな危ないこと……」

「角一さんは恐ろしい人と伺いました。ですが己の仕事には一所懸命に向かっている人のようでした。それも強面《こわもて》の人夫をまとめる口入屋さんですよね？　そんな人が、奈々のように幼い子供が訪ねていって危ない目になんて遭わせるはずがありません。己の強さをきちんと知っている男の人は、皆、子供にはとても優しいものなのですよ」

　奈々はけろっとしている。

　岩助を始めとして、熊蔵やその他の職人たち。身体を使って働く一見強面の男たちに、これまでたくさん可愛がられてきたからこそわかることだろう。

「下手に道理のわかるお糸ちゃんのような大人が訪ねていけば、よりややこしくなるかと思いまして……。結果、大成功でした！　角一さんは鉢巻のことを聞いたら、すぐに何のことだかわかったようです！　大きく頷いて、お糸ちゃんを呼んできてほしいとおっしゃっています。さあさあ、早く参りましょう！」

奈々が糸の手を摑んで、ぐいぐいと引っ張った。

9

奈々に引きずられるようにして向かった鎌倉河岸の蜂屋の店先には、汗と埃の匂いを漂わせた人夫たちが集まっていた。

皆、朝早くから働いているのだろう。大きな身体の男たちからは滲み出るような疲れが伺えた。

「あれだけ働かされて、これだけか？　畜生！　角一、お前、覚えていやがれよ！」

急にひとりの男が怒鳴り声を上げた。いかにも気の短い荒くれもの、といった風情で唾を吐く。

「ああ？　手前が借金の返済のために前借りしてえ、って言ったせいだろうが。何か文句があるってんなら、いつでも奥で話を聞くぜ？」

主人らしき男がどすの効いた声で応じた。場がしんと静まり返る。

朽葉色《くちばいろ》の肌に鍛え上げられた筋が浮き上がって、まるで馬のような身体だ。顔に大きな傷跡があって片目が濁っていた。

この男が角一に違いない。

「ううう、畜生、この野郎、地獄に堕《お》ちやがれってんだ……」

吐き捨てるように言いながら、男はすごすごと去っていく。

「大事に使えよっ！　もう博打に使うんじゃねえぞ！」

角一は男の背に向かって声を張り上げた。

「こんなちょびっとの金で博打なんて行けるもんかってんだ。畜生っ、畜生っ」

糸たちとすれ違った男は、地面を睨み付けて呪いの言葉をぶつぶつ呟いた。

「お、さっきの娘っ子が戻ってきたな。悪《わり》ぃが中で待っていてくんな」

角一が奈々の姿を認めてにっこり笑った。

糸ははっと息を吞む。

片目が潰れていた。それなのにそんなことを気にも留めていないようなさっぱりした笑顔だ。

どこか岩助が奈々へ向ける慈愛に満ちた目を思い出す。何とも頼りがいのある優しい顔だ。先ほどの人夫へ向けた鬼のような顔がまるで嘘のようだ。

己の力がどこまでも強いことを知っている顔だった。

蜂屋は一応大通りに面した店の体を取ってはいるが、何を作っているわけでも売っているわけでもない口入屋だ。中は住まいを兼ねた四畳半一間に、帳面が並んだ棚と文机があるだけだった。

「お前たち、もう帰っていいぞ。いいか、明日も必ず来いよ。来なかったらどうなるかわかってるな？」

表で角一の吠《ほ》えるような号令が響いた。

「それで、お糸さんっていったな。三助の話だね。縁切り屋のあんたのところへ、鉢巻が現れたんだってな。それも水に浮かんだ鉢巻だ」

部屋に入ってきた角一が、額の捻り鉢巻を外した。

「角一さんは、鉢巻に覚えがあるんですね？」

糸が訊くと、角一は眉を下げて寂しそうに肩を竦めた。

しょんぼりしている己の姿が情けない、とでもいうように、今度は顔を歪めて笑う。

「ああ、もちろんさ」

角一はしばらく外した鉢巻を弄ぶように広げたりしてみてから、覚悟を決めたように糸をまっすぐに見た。

「俺たちの大親分、幡随院長兵衛の話は知っているな？　荒くれ者の人夫たちに心から慕われて、お江戸の口入屋稼業を見事に仕切った伊達男さ」

「読売に書かれていたものは読みました。大火の年に水野のお屋敷で、お風呂に入っていたところを襲われて亡くなった、と」

糸が頷くと、横で奈々もかくかくと頷いた。

「長兵衛さんは、宿敵に謀《はか》られたのでございますよね。お互いの若い衆の揉め事についての話し合おうと呼び出され、わざと着物を汚されて。風呂に入るために裸になったところで、ぐさり、ぶすり、と。しかし実は長兵衛さんは、端から己の運命をわかっていて、男気を通すためだけに水野のお屋敷へ向かったとか何とか……」

奈々がちゃんばらの真似をしながら言った。

「娘っ子、ほんとうのことってのは読売にゃ書かれやしねえさ。人が死ぬときってのは、そんなに道理が通ったもんじゃねえんだ。何が何だかわからなくて皆が呆気に取られている間に、死神にひょいっと持っていかれちまうもんさ。あのときあの場で起きた出来事をそっくりそのまま聞かせてやったら、読売を見て騒いでいた奴らは、みんなきょとんとして首を傾げちまうぜ」

角一が遠い光景を思い出すように虚空を見つめた。

「長兵衛さんが亡くなったとき、角一さんはそこにいらしたんですね？」

糸が訊くと、角一は口元を一文字に結んで大きく頷いた。

「最初に揉め事を起こしたのは、俺の下にいた若い衆さ。妙に人懐こくて口が上手い奴でね。俺も馬鹿だから、おだてられれば気分がいいさ。なるべくまともに相手にしないようにはしていたんだが、こっちが甘くしたせいで底の浅さを見抜かれちまったんだろうな。下っ端《したっぱ》の分際で、酔っぱらって水野のところの旗本奴に大怪我をさせてね。すったもんだの末に、世話をしていた俺が落とし前を付ける羽目になったのさ」

男同士、それも荒くれ者の町奴と旗本奴の揉め事の〝落とし前〟といえば、かなり物騒なものであるのは想像がつく。

角一は、そうなっちまったんだから仕方がない、とでもいうような諦め顔をしてはいるが、おそらく命を賭けたものに違いない。

「大親分の長兵衛が俺を連れて、水野の屋敷へ行ったのさ。俺はもう覚悟を決めていたからな、真っ白な鉢巻をきりりと締めて、生きてはこの屋敷を出ることはできない腹づもりさ。けどな、水野ってのは侍のくせに思ったよりずっと臆病な男でね。つまりが心優しい奴だ、って言い方もできるかもしれねえが……」

角一が苦笑いを浮かべた。

「いや、違うな。面倒くさがりなのかもしれねえな。誰だって、己の屋敷で死人が出るのは気持ちいいもんじゃねえからな。もしかしたら女房に文句を言われるのが怖かったのかもしれねえ。とにかく、このことは水に流そう、なんて物分かりのいいことを言って宴席を設けたのさ。俺と長兵衛大親分はなんだか気が抜けた気分でね。白けた顔で酒を酌み交わし、こっそり目配せなんかし合っていたさ」

「角一さんは、運よく命拾いをされたんですね。それがどうして……」

奈々が不安げな顔をした。

「事が起きたのは帰り道さ。大きな身体の男二人、なんだか拍子抜けしたな、なんて情けないことを言いながら堀の縁を歩いていたところで、後ろからいきなり襲われた。水野のところの若い衆さ。水野の差し金でさえありゃしねえ、まだ餓鬼みてえな奴らだよ。奴らは親分の言うことに逆らって、勝手に動いちまったのさ」

角一が己の目の傷を指さした。

「結局、町奴も、旗本奴も、若い人たちは上に立っている親分のことをちっとも恐れてはいなかったのでございますね。心から親分を敬っていたら、そんな勝手なことはできません」

奈々がぐさりと斬り込んだ。

「そうさ。若い奴らは手前の親分のことを、少しも恐れちゃいなかったのさ。だから何もかもが滅茶苦茶になっちまった。つまりが、どこにも格好いい話なんてありゃしねえさ」

角一が眉間に皺を寄せる。

「俺はもちろん必死で長兵衛大親分を守ろうとしたさ。己が身代わりになってでも長兵衛大親分だけは、助けなくちゃいけねえってさ。けど喉元に刃先を突きつけられて、いよいよかって覚悟を決めたそのとき、長兵衛大親分が俺のことを堀に向かって力いっぱい放り投げたんだ。こんなに馬鹿でかい俺の身体を、まるで赤子のようにひょいって抱き上げてね」

角一がたくましい腕の筋をぴしゃりと叩いた。

「『角一、逃げろ！　逃げるんだ！』長兵衛大親分の最期《さいご》の言葉はそれさ。俺は真っ暗な水にどぶんと顔を浸けて、死に物狂いで泳いで、どうにかこうにか逃げおおせたんだ」

「じゃあ、読売に書かれていたお話は、誰かが面白おかしくしただけの作り話ってことなんですね」

糸が訊くと、角一はうんざりした様子で頷いた。

「お互いの子分が、親分を脇に置いて勝手なことをしただけだ、なんて情けねえ話が広まったら、男伊達の面汚《つらよご》しもいいところさ。水野だって同じ心持ちだったんだろうな。裏切者と言われるほうがまだましだと、どんな噂が広まっても静まり返っていやがるぜ」

「では、水に浮いた鉢巻というのは……」

奈々が恐る恐るという様子で訊いた。

「あのとき俺が結んでいた鉢巻さ。あれからずいぶん長い間、水野の屋敷の堀の水に浮かんでいたって話だ。あの鉢巻だけが、下に見くびられた情けねえ俺と、そんな役立たずの俺のことを命を張って助けてくれた長兵衛大親分の姿を見ていたのさ」

角一が大きな掌で目元を隠すように押さえた。

「あのとき俺はわかったんだ。俺もまた若い奴らと同じように、腹のどこかでこの大親分のことを見くびっていたんだな、って。長兵衛大親分には若い頃からさんざん絞られた。逃げ出したくなったり恨みに思ったことも幾度もあったさ。そんな出来損ないの俺のために、まさか長兵衛大親分が命を捨てるだなんて、少しだって考えたこともなかった」

角一がぐずりと洟《はな》を啜《すす》った。

「若い、ってのは、馬鹿、って決まりなのさ。こちらがどれほど目を掛けてやったって、そんなもんは、決して伝わらねえ。代わりに死にでもしなくちゃ伝わらねえもんなんだ。だから俺はせめて蜂屋にいる奴らのことだけでも、とことん厳しくして、立派な大人に育て上げなくちゃいけねえんだ、ってな。けどな……」

角一が振り返った。部屋の隅に糸が代筆した縁切り状が置いてあった。まるで飾ってあるかのように障子に立て掛けてある。

「ふっといなくなっちまうのは、寂しいもんだな。ああ、結局伝わらなかったのか、って空《むな》しくなっちまう。嫌われ役になる、って覚悟を決めたはずなのに、ほんとうにこれで良かったのかわからなくなるな」

そのとき、戸口が細く開いて人影が浮かんだ。

「親分……」

そこに立っていたのは人夫の格好に身を包んだ三助だ。鎌倉河岸で人目に付かないような姿をして、こっそり立ち聞きをしていたのだろう。

三助は肩を縮めて怯えた様子を見せながらも、目には涙がいっぱい溜まっている。

「お許しください、俺は、親分の心なんてちっともわかっちゃいませんでした」

「伝わらねえのは、最初からわかってるのさ。嫌な思いをさせて悪かったな。千住の店に戻ったらうまくやれよ。お前ならもうじゅうぶん良い仕事ができるさ」

角一が三助の言葉を遮るように言った。

「もしかして角一さんは、三助さんのお家が千住の大店だってことを知っていて、敢《あ》えて厳しく当たっていらしたんですか？」

奈々が角一と三助の顔を交互に見た。

「どうだかね」

素知らぬ顔でとぼける角一に、三助は「ああ、そんな」と顔を歪めた。

「親分に拾っていただいたとき、俺はどうしようもねえ出来損ないでした。約束もまともに守れない風来坊で、いつも怠ける隙を狙っていて、いかに仕事なんてめんどくせえものから逃れて遊んで暮らせるかを考えてばかりいました。そんな俺のことを決して見捨てずに、放り出さずに育ててくださったのは親分です」

三助が深々と頭を下げた。

「このたびの無礼、どうぞお許しください。俺はしばらくずっと、蜂屋の辛い仕事を辞める方法をあれこれ考えていました。ですが、どんな策を練るよりも、ただこれまでの感謝の言葉をお伝えするべきだったのです。親分、ほんとうにほんとうにありがとうございました」

三助が勢いよく頭を下げた。

角一はそんな三助の姿をしばらく黙ってじっと見つめていた。

「三助、お前が俺の真似をしてどれほど厳しくしたところで、その心はみなとやの使用人には決して伝わることはねえぞ。必ず恨まれるし、いつかは後ろ足で砂をひっかけて逃げられる」

角一が三助をまっすぐ見つめる。

「そして、お前の驕り高ぶりは、あっという間に下の者に見透かされて足元を掬われる。人を使うってのはそういうことだ。しっかり覚えておくんだな」

「はいっ！　親分の言葉、一生忘れません！」

三助が叫ぶように答えて、背筋をまっすぐに伸ばした。

10

抜けるように青い空の秋晴れだ。

黄色く色づき始めた路地の大木をさらさらと揺らし、暑くも寒くもなく心地好い風が吹き抜ける。

背伸びした奈々が、軒先にぶら下がった干し柿を一つ、ぶちんと千切る。ふんふん、と真剣な顔で匂いを嗅いでから、恐る恐る一口齧る。

「うわあ！　あの渋い渋い柿がこんなに甘くなるなんて。まるで夢みたいです！」

奈々が小躍りするように飛び上がった。

「きっと熊蔵さんは喜びますねえ。おとっつぁんに伝えておきますので、明日にでも早速取りにきていただきましょう」

左隣の戸が勢いよく開いた。

「熊は甘いものは苦手だよ。うんと小さい頃からね。あそこの家は父親がとんでもない酒飲みだったからね。息子もおやつに、するめの切れっ端をちゅうちゅうやっていたよ」

イネが陽の光に向かってうんっと伸びをすると、

「ということで、余り物が出るなら貰っておこうかね。干し柿は好物さ」

と、にやっと笑った。

「たくさんありますので、もちろんどうぞ。けれど熊蔵さん、せっかくの干し柿はほんとうにいらないんでしょうか。こんなにうまくできたのに残念ですね」

糸は皺だらけの干し柿を掌に載せた。小石のようにころんと固くて重い。旨味と甘味がぎゅっと詰まっている。これを一つおやつに食べれば、いくら疲れ切っていても百人力だ。

「そういえばお糸ちゃん、これ、奈々が預かったままになってしまっていました。すっかり忘れていてすみません」

奈々が懐をごそごそとやった。

取り出したのは一本の手拭いだ。

「まあ、みなとやさんのところの小僧さんの手拭いね。近いうちに返しに行かなくちゃ」

受け取ってから、あれっと首を傾げた。

「お奈々、これ、何かした？」

「えっ、何も悪戯をしてはおりませんよ。ただ懐にぽいって放り込んであったものなので、幾分皺くちゃなのはどうぞご勘弁いただければと思いますが……」

小僧が落としたときにはひらりと一枚布だったはずの手拭いは、ちょうど人の頭の周りくらいの長さで輪っかに結んであった。

「こりゃ、誰かの頭から外れた鉢巻だね。ずいぶん端っこがしっかり結んであるじゃないか」

イネの言葉に、糸と奈々は顔を見合わせた。

「それに何かと思ったら、みなとやの染め抜き付きだね。噂にはなっていたけれど、初めて見たよ。いい柄じゃないか。お糸、これを返しに行くときに、新しいものを一枚買い求めてきておくれ」

「これを結んだのは、一之助さんでございます！　一之助さんが、お糸ちゃんにお礼を言っているのです！　これでみなとやは安心だ、と」

奈々がぱっと顔を輝かせた。

「いったい何のことだい？　お糸あんた、みなとやに何か恩を売ったのかい？　それなら、しっかりおまけしてもらっておいで」

イネがにんまりと笑った。

「おうっ、お糸さん、調子はどうだ？」

ふいに聞こえたぎこちない声に顔を上げると、仕事着姿の熊蔵が、今にもぽりぽりと頭を掻き出しそうなばつの悪い顔をして立っていた。

「あら、熊蔵さん！　こんにちは。ちょうど、干し柿の話をしていたところなんですよ。すみません、お先にいただいています」

「そりゃ良かった！　そろそろ出来上がる頃かと思ってね。俺は干し柿が大好きだから居ても立っても居られなくって、こうして作事の合間に来ちまったよ」

熊蔵がぱっと笑顔になった。

傍らで奈々がひょっとこのように口を窄《すぼ》めて、首を傾げている。

「えっ？　そうでしたか。では、どうぞどうぞ。一緒にいただきましょう。こちらにある分は持って帰れるように包みますね」

「いやっ！　いいのさ。俺はひとつだけでじゅうぶんだ。そっちのは、みんなで楽しく食べてくんな」

熊蔵が少々強い声できっぱり言った。糸から干し柿をひとつだけ受け取ると、小指の先ほどだけ齧る。

「うんっ！　美味いね！　さすがお糸さんだ！　お糸さんの作るものは何でも美味いっ！」

大きく頷いて空を見上げる。

「熊蔵、あんた甘いものは苦手だったんじゃないのかい？　私がちっこいあんたたちに栗を蒸《ふ》かしてやったときも、甘い甘い、って可愛くないことを言って嫌がっていたくせにねえ」

イネがいかにも意地悪そうな顔をした。

「ちょ、ちょっとおイネさん、何を言っているんだ？　きっとそりゃ、おイネさんの勘違いだよ」

熊蔵が慌てた様子で、糸の顔をちらちら見る。

「やあ、お糸、楽しそうだね」

路地の入口で聞こえた男の声に、熊蔵が目を剝いた。

「あら、藤吉兄さん。お奈々先生のところの習い事は、もうきちんとできるようになりましたか？」

「お陰さまで助かったよ。おっかさんのことを最期まできちんと面倒見てやることができた」

藤吉が口元に穏やかな笑みを浮かべたまま、寂しそうに目を伏せた。

「最期まで、ってことはもしかしてお亡くなりになったんですか？」

糸は息を吞んだ。少し前まで、あんなに壮健そうにしていたのに。

「えっ」と固まっている奈々を尻目に、糸は眉を下げて藤吉のところに駆け寄った。

「足を治せばすぐに良くなるとばかり思っていたんだけれどね。寝たきりのせいで身体が弱っちまったみたいで、ちょっと風邪を引いたと思ったら拗《こじ》らせてあっという間さ」

藤吉が洟を啜った。

「そんな……。藤吉兄さん、ほんとうに辛い思いをされましたね」

幼い頃のようにぎゅっと抱き締めてやりたいが、大人になった今はそうもいかない。もどかしい心持ちで、ただ目を合わせてゆっくりと頷いた。

「私たちに知らせに来てくれたんですか？　まだ辛いときにありがとうございます。近いうちにお家に伺わせていただきますね。どうぞお心落としのないように」

「いや、違うのさ。ここへ来たのは引っ越しさ」

「引っ越しだって？」

背後で熊蔵が素《す》っ頓狂《とんきょう》な声を出した。

「ついこの間までお通とおっかさんと暮らした家にひとりで暮らすのは、さすがに寂しくてね。あの家を手放してこの長屋の空き部屋へ越してくることにしたんだ。幸い、お奈々先生のおかげで一通りの身の回りのことはできるようになったからね。長屋のおかみさんたちとも仲良くやれるようにするさ」

藤吉は長屋の数軒先の部屋を指さした。

「まあ、そうなんですね。ここにいらしたら、藤吉兄さんもきっと寂しくないですね。ねえ、皆さん」

華やいだ声を上げて振り返る。と、熊蔵が拗ねた顔でぷいと脇を向く。

奈々は難しい顔をして、両腕を前で組んでうーんと唸っている。

イネだけは素知らぬ顔でがつがつと干し柿を口に放り込んでは、掌に種をぷっと出した。

「この長屋にご近所さんが増えるってことかい。面白くなってきたねえ」

イネが種を山盛りにした手の肘で、熊蔵の脇腹を乱暴に突く。種がぽろぽろと地面に落ちた。

「おイネさん、やめろよ。汚ねえな。俺はそろそろ仕事に戻るぞ」

熊蔵が仏頂面で言うと、傍らの奈々が、「熊蔵さん、作事場でおとっつぁんに、どうぞくれぐれもよろしくお伝えください」と、呟いた。

第四章　剃　刀

1

路地に色づいた葉が落ちる時季になってきた。朝早くに家の前を掃いてすっかり綺麗にしたつもりが、夕暮れ時になるとまた葉がいくつも落ちている。

「じゃあお奈々、顔を脇に向けて息を止めてちょうだいね。せーの」

塵取りを握った奈々が、糸の掛け声に合わせてうんっと目口を結ぶ。

落ち葉と乾いた砂粒が、箒に掃かれてぱっと舞う。

「はい、もう平気よ。いつもお手伝いありがとう。そろそろ夕飯にしましょうね」

奈々がへくしょん、とくしゃみをした。

「はあい。奈々はもうおなかがぺこぺこです。お糸ちゃん、今日のご飯は何でしょう？」

「お味噌汁に、秋刀魚《さんま》の煮付けよ。秋刀魚はとっても脂が乗っていて美味しいわよ」

「うわーい！　やった、やった」

奈々が軽い足取りで糸の部屋に飛び込んだ。

じっくり煮しめた秋刀魚の煮付けは、分厚くてほろりと溶ける脂に味が染みている。頬と顎の間がきゅっと痛くなるほど美味しい。自ずと二人とも心から満足げな笑顔になった。

「そういえば、奈々は、お糸ちゃんに大事なお話がありますよ」

奈々がふと思い出したように、緩んだ頬を懸命に引き締めた。

「あら、何かしら？」

「前から気になっておりましたが、お糸ちゃんは誰にでも優しすぎます」

奈々が大口を開けて秋刀魚をぱくりと食べてから、慌てた様子でわざと厳しい顔を作ってみせた。

「えっ？　いったい何のこと？」

「あの藤吉さんにもそうです。いくら幼い頃に優しくしてくれたからといって、あんな面倒事ばかり起こす子供っぽい男の人とは、決して勘違いをされないようにきちんと間をおかなくてはいけません。お糸ちゃんはもう十七歳。一人前の〝大人の女〟なのですからね」

「勘違い？　藤吉兄さんがご近所に越してきてくれたのは、私、ほんとうに嬉しいのよ」

首を傾げてみせる糸に、奈々はもうっ、と頭を抱えた。

「お糸ちゃんはあまりにも人が好いというか、言い方を換えれば人懐こいところがございます。それでいて、お別れに対しては奈々が驚いてしまうくらいあっさりとしているのですからね。まあ、縁切り屋さんというお仕事をしているのですから、それは無理もないことですが……」

ここで言う、人懐こい、というのがあまり良い意味ではないことは、糸にもわかる。子供や犬猫の性格を表すならば可愛らしくもあるが、〝大人の女〟には到底似つかわしくない言葉だ。

「そうなのかしら。自分ではちっとも気付かなかったわ」

糸は決まり悪い心持ちで肩を竦めた。

「おそらく世間の皆は、逆なのです。見知らぬ人を見かけたらじっくり警戒して相手を見定めて、己の利にならなければそうそう優しくしてやることはありません。その一方で縁ある者と別れるときは、そうはいってもしかし、と思い続けていつまでも悩むものなのです」

「藤吉兄さんは見知らぬ人じゃないわ」

こっそり反論したら、奈々にぎろりと睨まれた。

「長い間会っていなければ、人はいろんなふうに変わるものです。奈々とお糸ちゃんでさえ、もし七年会わなければ道ですれ違ってもわからないかもしれません。とにかく、お糸ちゃんはもう少し、皆と間を取らなくてはいけませんよ。特に男の人には、です」

奈々が胸を張って言い聞かせる。

「は、はい……」

「これからは、無闇に人に親切をする前に、奈々に相談すると約束してくださいね。お糸ちゃんは奈々の憧れなのですから、いつも格好良くなくてはいけないのですよ」

「私のことが憧れ、ですって？　まあ驚いた」

これまで大人と子供があべこべになって叱られていたところを、急に〝憧れ〟なんて言葉が出てくると面喰らう。

「お糸ちゃんのように手に職を付けて、腐れ縁のご亭主に振り回されることもなく、己だけの力で浮き世を生き延びる大人の女の人。奈々もそうなりたいと思っていると、幾度もお話ししましたでしょう？」

今の糸の姿を褒めてくれているはずなのに、奈々の口調は少々むきになっているようにも聞こえた。

そのとき、戸口の向こうに人の気配を感じた。

寒さ除《よ》けの頭巾を取って手早く身支度を整えている、衣擦《きぬず》れの音だ。

「失礼いたします。縁切り屋のお糸さんはこちらでしょうか」

女らしい綺麗な声だな、と思った。若さと身体の丈夫さと心の健やかさが、高く優しそうな声だけでわかる。

戸口から顔を覗かせたのは、年の頃二十くらいの若い女だ。目鼻立ちが格別に整っているわけではないが、丸顔の笑みが可愛らしくて、流行を取り入れた小ざっぱりした身なりは清々しい。

恋なんて知らないはずの糸でさえ、女のどこか浮き立つ様子は、きっといい人がいるのだろう、とからかいたくなる風情だ。

「千代《ちよ》と申します。今月いっぱいは本所弥勒寺《みろくじ》の水茶屋で働いています」

「まあ、弥勒寺の水茶屋さんといったら、おとっつぁんが直しをしたところでございますね。火事の後、あっという間に商いを立て直して、今では人が押し寄せていると聞きますねえ」

奈々が、どうぞどうぞいらっしゃいませ、と腰を上げた。

「あら、そうだったの。じゃあ私たちが喰うに困らず働くことができているのは、お嬢ちゃんのおとっつぁんのおかげね。立派なおとっつぁんでご自慢ね」

千代がにこやかに応じると、奈々が得意げな顔でにんまりと笑った。

「今月いっぱい、ということはもうすぐお辞めになるんですか？」

若い女、それもこんなに人当たりの良いお客は珍しい。糸のほうも、いつもよりもほっと寛いで応対できる。

「そうなんです。私、所帯を持つんですよ。半年くらい前に知り合った、水茶屋に出入りしていた酒屋の手代《てだい》に見初《みそ》めてもらいましてね」

千代が胸元をとん、と叩いて、満面の笑みを浮かべた。

「それはおめでとうございます。良かったですねえ」

やはり、こんな明るい客はそうそうここへはやってこない。

と改めて思うと少々嫌な予感が広がるのが、縁切り屋稼業の因果なところだ。

「それで、ここへいらしたということは、どなたに〝縁切り状〟を書くのでしょうか？」

気乗りしない心持ちを奮い立たせるように声を落とすと、千代の顔にさっと暗い影が差した。

「ねえ、お糸さん。この文《ふみ》を見てくださいな」

千代は奈々の目を気にするように、躊躇いながら懐から分厚く折り畳んだ紙を出した。

「はいはい、どんなお文でしょうか？　おっと、ご安心ください。奈々はただの子供ではございません。お糸ちゃんの有能な助手でございますよ」

背伸びをして覗き込もうとする奈々に、千代は少し迷った様子を見せてから、きっぱりと首を横に振った。

「やっぱりお嬢ちゃん、いけないわ。これは子供が見るもんじゃないわよ」

糸の背筋がぞくりと寒くなった。

慌てて「お奈々、お客さまの言うことはちゃんと聞いてちょうだいね」と言い聞かせた。

「はあい。けれど、いったい何でしょうねえ。お糸ちゃん、後で必ずどんなお文だったか教えてくださいよ。子供にはいけないところをどう取り繕うかは、お糸ちゃんにお任せいたしますからね」

奈々が部屋の隅で渋々夕飯の片づけを始めたのを確認してから、千代がそっと文を開いた。

「きゃっ！　嘘でしょう！」

思わず悲鳴を上げた。全身にわっと鳥肌が立つ。

女の手で書かれたと一目でわかる、か弱い文字の綴られた文。だが恐ろしいのは文の中身ではない。文にはちょうど墨を含ませた小筆を振ったように、小豆色《あずきいろ》に乾いた血しぶきがざっと飛んでいた。

「これはいったい、何ですか？　どなたからのお文なのでしょう？」

血しぶきの飛んだ文なんて目にする機会はまずない。心ノ臓が震え上がるような心地だ。

千代が所帯を持つという相手の男は、女絡みの面倒事を抱えていたのだろうか。それにしては千代の先ほどの幸せそのものという笑顔はおかしい。

「お夢《ゆめ》って娘です。私と同じ齢《とし》で、同じ弥勒寺の水茶屋で働いていた女友達ですよ」

千代は少しだけ開いていた文を閉じると、先ほどの笑顔が嘘だったように重苦しいため息をついた。

2

興味津々でこちらを伺う奈々を宥《なだ》めすかして、左隣のイネの家へ送り込んだ。

「お糸ちゃんだけでは心配でございます。ここは奈々が……」

そんなことを言いながらずいずいと割り込もうとするところを、今回ばかりは「いけません」と大人の顔でぴしゃりと言った。

これから齢《よわい》を重ねれば、奈々は必ず汚いもの、恐ろしいものを目にすることになる。

だが奈々を我が子のように大切に思う大人の務めとして、今このときだけでもしっかりと守ってやらなくてはいけない。

仏頂面の奈々をどうにかこうにか追い払うと、千代は明らかにほっとした表情を浮かべた。

「お夢は、出会った頃から気の細い娘でした。あの娘《こ》の実の母親は早くに死んで、物心ついた頃からずっと意地の悪い継母《ままはは》に嫌がらせをされていましてね。根性曲がりの継母の仕打ちを恨んでいるのは私だって同じよ、って話で盛り上がって。それにお互い、歌舞伎役者の松葉花之丞《まつばはなのじょう》が好きっていうんですっかり打ち解けました」

「まあ、花之丞さんですか。あの方はまったく粋な役者さんですよね」

かつて縁切りを手伝った、花之丞と付き人の登勢《とせ》の顔が脳裏に浮かんだ。

「あら、お糸さんもお花がお好きでしたか。私たち、気が合いそうですね」

千代が親し気な笑みを浮かべた。

「お夢は、いつもは素直で情が深くて人懐っこくて、とても良い娘なんですよ。それに二人で歩いていると皆が振り返るほどの別嬪《べっぴん》なのに、ちっともそれを鼻にかけずに気さくな調子でお喋り上手だから、一緒にいると楽しくてねえ」

人懐っこくて、といわれたところでどきんと胸が鳴る。

「でもね、あの娘はそんな明るいところがある反面、とんでもない寂しがり屋なんです。常に誰かが己に熱中してくれないと生きていけません。大事に思っている誰かからちょっと冷たくされたり、ひとりぼっちになったら、あっという間に命を絶ちたくなるくらい寂しくなってしまうんです」

自分の気性とはまったく違っているので、糸はほっと息を吐いた。

「命を絶ちたくなる、なんて深刻ですね。そんなことを軽々しく口にしたら、罰が当たりますよ」

眉を顰める。誰もが火事から命拾いしたことを喜んでいるこのご時世だ。

命を絶つ、なんて大袈裟なことを言う人ほどふてぶてしく生き延びる、というのがほんとうだとしたら、まっすぐに生に向き合ってきた人たちにとってはやりきれない。

「お糸さんの言うとおりです。私もこれまで何度となく、お夢に言い聞かせてきました。あんたが自ら命を絶っちまったら辛くてたまらない。後生だからそんな真似はしないでおくれよ、ってね」

「それでもお夢さんは、忠言を聞き入れてくれないんですね」

脳裏に小豆色の血しぶきが浮かんで、ぞくりとした。

大事な女友達にあんな身の毛のよだつようなものを送りつけるなんて、あまりにも滅茶苦茶な振る舞いだ。

「ええ、それどころか、どんどんやり口が深刻になります。前はたくさんの人が見ている前で浅い川の流れの中を歩いてみせたり、人目を集めるためだけの派手なものだったんですよ。それが、最近は本物の毒を手に入れたり、崖っぷちの今にも落っこちそうなところに立ってみせたり、何より気が滅入るのは、あの子が自分の身体を傷つけることです」

千代が己の腕に目を走らせて、ぶるりと身を震わせた。

「お夢さんは気を病んでいらっしゃるんですね。お江戸でもそういう病を治すお医者さんが見つかれば良いのですが……」

「今のご時世、気の病を治すには厄払いくらいしかありません。幾度かお夢を連れていこうとしましたが、そんないんちきに金を取られるのは嫌だ、なんて、急に妙に冷めたことを言ってきっぱりと断られましたよ」

千代がため息をついた。

「お夢の調子が悪くなった理由は、わかっています。私が所帯を持つことになったからです。所帯を持てば、今までのように夜通し話したり、お互いの家に泊まり合ったりができなくなるからです」

「ええっ、お夢さんは、お千代さんの幸せを喜んでいないということですか？　せっかくお友達の御祝い事だっていうのに……」

相手の幸せが妬ましくて嫌がらせをするなんて、そんなものは友達でも何でもない。夢というのはなんてひどい女なんだ、と思いかけたところで、ふいに糸の胸を藤吉の面影が通った。

久しぶりに顔を合わせた藤吉が通と所帯を持っていると聞いたときに、なぜか胸がざわついた。

これまで糸は藤吉を男として慕ったことは決してないはずだ。

ならばあのざわつきは何だったのかと考えてみると、どこかぽつんと取り残されてしまうような寂しさだったと気付く。

これまで己の兄でいてくれたはずの人が、誰かと所帯を持って大人としての新しい生活を始めているという事実は、糸の胸に物悲しい切なさを運んだ。

「お夢の気持ちはわかるんですよ。私だってお夢が先に嫁に行ったら、きっと嬉しい反面とても寂しく思ったに違いありません。一緒に助け合って暮らしていた独り身の仲間がいなくなっちまうんですからね。けれどまっとうな大人はそんな寂しさを吞み込んで、心から友達の幸せを願うもんなんです。そうであってほしいですよ」

千代の言葉に、糸は大きく何度も頷いた。

若い頃と同じように、まだまだ私と一緒に遊んでほしい、だなんて。私のことを置いて行かないでほしい、なんて。

私はもう大人なのだから、そんなみっともないことは考えないようにしなくてはいけないのだ。

「だから決めたんです。もうお夢に振り回されるのはやめにしよう、ってね」

「それは、もしお夢さんが縁切り状の当てつけに妙な振る舞いをしたとしても、我関せずということでよいのでしょうか」

糸は念を押す気持ちで訊いた。

「……ええ」

ほんの僅かな間に躊躇いを感じた。だが千代はもう一度まっすぐ前を向いた。

「ええ、もちろんです。私はもう決めたんです。あの人と所帯を持って、幸せなおかみさんになるってね。あんな気味の悪い文を送りつけてくる友達なんて、心の底からぞっとしますよ。あの人にお夢のことを知られたら、私までおかしくなったと思われます。お夢とはもう友達なんかじゃありません」

今度の言葉には力が籠っていた。

「そうですか。仕方のないことなのかもしれませんね。お夢さんの行く末は、お夢さん自身が決めることです。お千代さんに責任はありません」

千代はこの決断をするまでに、どれほど悩んだだろうと思った。

ただひたすら千代の気を惹こうとして、常軌を逸した振る舞いを仕掛けてくる女友達。この縁を力任せに断ち切ったらお夢がどうなってしまうかは、糸にでも想像がつく。

糸は小筆に墨を含ませた。

「お夢へ　もうあんたには付き合い切れないよ。ここでぷつりと縁を切って、お互い別の道を進みましょう。どうかあんたが、いつまでも壮健で暮らせますように」

終わりの一文を言うときに、千代の声が震えた。

「いつまでも、壮健で、暮らせますように」

千代の言葉がしばらく糸の胸の内を漂った。

「ああ、これでだいぶすっきりしました。お糸さん、ありがとう」

千代は勢いよく顔を上げると、場違いなくらい明るい声で言った。

3

「お糸ちゃん、今日は小石川のお救い小屋へ行ってもよいですか？　そういえば最近忙しくて、おちかとおなぎと遊んでいないことに気付きました。久しぶりに奈々が顔を見せてあげれば、きっとあの二人は大喜びするはずでございます」

おちかとおなぎ、まだ五つの幼い友にあげるのだろう。奈々は折り紙で作った二つの猫の顔を、胸元に差している。猫は寄り目で、いかにも剽軽な顔つきだ。

思いがけない贈り物に歓声を上げる子供たちの姿が胸に浮かぶ。

「ええ、もちろんよ。いっぱい遊んでいらっしゃいね」

こんな日は、心を和ませてくれる幼い子供たちに惹かれる奈々の気持ちがよくわかった。

やはり昨夜のことは奈々の心に堪えているのだろうと思う。

あの後しつこく文のことを聞いてこないことからして、察するものはあったに違いない。

この世には、己の身を、己の命を大切にできない者がいる。

子供には知らせたくない話だった。

いったいどうしてそうなってしまったのか。生まれ持っての気質、気を病んだだけ、狐が憑いた、と片付けてしまえば、自分とは関わりのないことと安心していられる。だが大火の地獄をどうにかこうにか生き延びた糸にはわかる。人の生というのはあまりにも儚いと同時に、あまりにも重いものだ。常に気を張って前を向いて保たなければ、この命はあっという間に消えてしまう。

誰かの敵意や、見捨てられた孤独、辛い出来事、裏切られた失望——。背負った大きな重荷をいきなりぽいと放り出してしまいたくなる場面が、誰にとってもそう遠くない闇の中に隠れているのがわかるのだ。

そんな闇に呑み込まれそうになったときには、何をすればいいのかと訊かれれば、糸の中には一つの答えがあった。誰かのために骨身を惜しんで身体を動かすのだ。

昼夜構わずに木槌を振るう岩助、お救い小屋で炊き出しをする人々、幾晩も寝ないで焼け跡で怪我人を看病したおかみさんたち——。

人々は誰かのために奮闘することで、己を引《ひ》き摺《ず》り込もうとする闇から全力で逃げるのだ。

水桶を手にぼんやりと物思いに耽りながら路地を歩いていると、何やら井戸端がきらきらと華やいで見えた。

「おうい、お糸、おはよう！」

おかみさんたちの輪の中心で、藤吉が手を振った。

「あっ、お糸ちゃんだね。今日の空はどうにか持ちこたえてくれそうだねえ」

挨拶を交わすおかみさんたちの姿に、あれっと思う。

藤吉が引っ越してきて数日、この長屋のおかみさんたちは明らかにお洒落になっていた。

「おはようございます。なんだか藤吉兄さんがここで暮らしているなんて、まだ不思議な気分ですね」

糸は藤吉の背をぽん、と叩きかけてから、いけないいけないと手を止める。

これからは、一つ屋根の下、困ったときに助け合わなくてはいけないご近所さん同士だ。あまり馴《な》れ馴《な》れしくしてはいけないのは、奈々の言うとおりだ。

「お糸、少しいいかい？　おっかさんのことをまだちゃんと話していなかったからね」

藤吉が親し気な目を向けた。

「え、ええ。もちろんよ。それじゃあ、一緒に路地の掃き掃除をしながらにしましょうか。ここの路地は、落ち葉がいっぱい積もっているでしょう？」

二人で箒を手に、少し離れたところに立った。

「お母さんのこと、残念でしたね。お会いしたときは、あんなに壮健な様子でいらしたのに……」

糸は目を伏せた。

「こんなことを言ってよいかわからないけれどね。おっかさんのこと、実は少しほっとしているんだ」

藤吉の箒がざっと鳴る。

「おっかさんってのは、思うままに生きて、人にさんざん迷惑を掛けて、息子の俺のことなんてこれっぽっちも考えちゃいなかった、どうしようもない人さ。あんな人の側で暮らしていたら、誰だって気がおかしくなる」

糸は藤吉の言葉を窘《たしな》めるように首を横に振った。

だが胸の中には、藤吉の母親のいかにも底意地の悪そうな顔がちらりと浮かぶ。

「俺は十三のときに霊山寺で心に誓ったはずなんだ。俺は一生おっかさんの面倒を見る、ってね」

「霊山寺を出たとき、藤吉兄さんは私たちにもそう言っていたわ」

糸は頷いた。

子供たちの目から見ても、明らかに気質に難のある母だった。

笑顔で寺を出る荷物を纏める藤吉を、もじもじして遠巻きに見守る糸たち小さな子に、藤吉は「俺は一生かけて、おっかさんの面倒を見にいくんだぜ」と胸を張った。

「小さい頃からずっと仏さまにお願いしていたのさ。いい子になるので、どうかおっかさんに会わせてください。どんなおっかさんでも大事に大事に孝行しますから、どうかおっかさんと暮らさせてくださいってね」

藤吉が手を組み合わせて祈る真似をした。

「その願いを仏さまが聞き入れてくださったんだ。やっぱり話が違うからやめます、なんてわけにはいかねえさ」

あの頃の藤吉の胸に、そんな祈りが秘められていたとは糸はまったく気付かなかった。だが藤吉はいつだって誰にでも優しい、とんでもない〝いい子〟だった。

「だから俺は、怖かったんだ。おっかさんのことを心底憎んで別れることになるのがね。いつか自分を守るために、おっかさんを見捨てなきゃいけない日が来るのがすごく怖かったんだ」

「藤吉兄さん……」

「おっかさんとは、死に別れ、って形でほっとしているんだ。ああ、おっかさんのことを傷つけないで済んだ。最期まで面倒を看てやることができた、ってね。おっかさんの死を喜ぶなんて、とんでもない親不孝者だろう？」

藤吉が眉を下げて悲しそうに笑った。

「お糸、何とも言えない顔をしているな。けれど、一緒に霊山寺で暮らした境遇だ。きっと俺の気持ちもわかるだろう？」

ふいに糸の胸に養い親の優しい顔が浮かんだ。

闇の中で〝何か〟が見えてしまう糸のことを、心と身体を保つことができたぎりぎりのところまで向き合ってくれた、哀《かな》しく優しい養い親だ。

あの人たちはきっと、私を霊山寺に預けたことで大きな心の傷を負っているに違いない。己を守るために、糸との縁を繋《つな》ぐことを諦めてしまったこと。幼い糸を見捨ててしまったことを。

「わっ、お糸、済まない！　俺が悪かった！」

藤吉が慌てた様子で懐から手拭いを取り出した。

気付くと頰を涙が伝っていた。

「いい子だ、いい子だ、泣いてはいけないぞ。藤吉兄さんが悲しくなくなるおまじないを唱えてやろう。ちちんぷいぷい――」

「藤吉兄さん、平気よ。ごめんなさい」

渡された手拭いで涙を拭いたそのとき、路地を突進してくる足音が聞こえた。

「手前《てめえ》、この野郎！　何していやがる！　お糸さんに何を言いやがったんだ！」

仕事着姿の熊蔵が、止める間もなく藤吉の首根っこを摑んだ。

「す、済まない。ただちょっと昔のことを……」

「昔のことだって？　そんなもんは、紙屑みてえにひっちゃぶいて捨てちまえってんだ！　お前って奴はそのにやけたツラの通り、下らねえ野郎だな！　お糸さん、こんな奴のつまらねえ昔話を聞いてやるこたぁねえぜ。俺たちはみんな今を生きて、明日のために奮闘しているんだからなっ！」

「熊蔵さん、離してあげてくださいな。藤吉兄さんは、何も嫌なことを言ったわけじゃないわ」

熊蔵が糸に言われて渋々手を離すと、藤吉がぜえぜえと息を吐いた。

「熊蔵とか言ったな？　お前こそ仕事中に、何をほっつき歩いているんだ？　親方さんに見つかったら絞られるぞ」

藤吉が熊蔵の身なりに目を向ける。

「ち、違《ちげ》ぇさ！　親方に頼まれて、ちょっくら忘れ物を取りに戻ったのさ！」

「へえ、そうかい。あんた、ずいぶんと下っ端みたいな扱いを受けているんだねえ。もしかして作事の場では使い物にならないのかい？」

「うるせえ！　こっちから、俺が行かせてもらいます、って言ったのさ」

「面倒な仕事をご苦労さん、だね」

藤吉が茶化すように言った。

「お前こそ、木挽のくせに仕事はどうした？　ぶらぶら長屋で掃除なんてしていられる立場か？」

「俺の仕事を心配してもらわなくとも平気だよ。材木河岸に船が着いて猛烈に忙しくなるのは明後日からさ」

「はいはい、二人とも言い合いはやめてくださいな。熊蔵さん、岩助さんの忘れ物って何かしら？　今日は奈々が遊びに出かけているから、私でわかるなら……」

「親方の大工道具さ。こっちでわかるから見ておくよ」

熊蔵は藤吉をきっと睨んでから、岩助の部屋に足早に消えた。

「もう、藤吉兄さん、どうして熊蔵さんにあんなに刺々《とげとげ》しい口を利くの？　みんなに好かれる藤吉兄さんらしくもない」

「どうして、って、からかってやるのが面白いからさ」

藤吉がふふん、と鼻を鳴らした。

「熊蔵って、あいつはいい男だな。働き者で気ぃ使いで、根がまっすぐな奴だよ」

「そうですよ、熊蔵さんはその通りの人です。わかっているならばもっと仲良く……」

「お糸、あいつはお前に惚れているんだぞ」

「ええっ？　まさか！」

糸は思わず悲鳴を上げた。

熊蔵から好かれているか嫌われているかと自身に問うならば、好かれているに違いないという自負はある。糸のほうも同じ気持ちだからだ。しかし、男と女の惚れた腫《は》れたとなると、そんなことは考えたこともない。

そんなこと、ほんとうに、一度たりともあるはずないわ。

そう胸の中で言ったら、なぜか頬がぽうっと熱くなるのを感じた。

「ほんとうにちっとも、わかっていなかったのか？」

藤吉がやれやれと首を横に振った。

4

夕暮れ時、そろそろ奈々が帰ってくる頃だ、と路地の様子に気を配りながら、糸は土間で夕飯の支度をしていた。

遠くから、きゃっきゃ、と高い笑い声が聞こえる。少しずつこちらに近づいてくるようだ。奈々の声か、と耳を澄ませた。

「いやだ、もうっ」

ねっとりと媚《こ》びを含んだ若い女の嬌声《きょうせい》だと気付いて、首を傾げた。この長屋に年頃の娘は糸くらいしかいないはずだ。

「しかしあんたみてえな別嬪じゃ、言い寄ってくる男が引きも切らねえだろう？」

「やあだ、お兄さん、口が上手いんだからあ」

男のほうは藤吉だ。

いったい何事だ、と表に出ようとしてから、もしも良い仲になった女の人が藤吉のところへ遊びに来たという話なら、無粋なことはしないほうがいいのか、としばし迷う。

そうしている間にも二人の話し声はどんどん近づいてくる。

「おうっと、ここだよ。ここがお糸の部屋だよ」

「わあ、お兄さん、親切にありがとうね。あたしの用事はすぐ終わるから、そこで待っていておくれよう」

「はいっ、こちらがお糸ですよ。何のご用でしょうか？」

糸は勢いよく戸を開けた。

肌の白い痩せた女が、藤吉の肩にしなだれかかるようにして立っていた。

顔立ちは整っていて、誰が見ても別嬪という顔だ。紅を差した目元が気怠く眠たそうに見えるせいか、ずいぶん艶っぽい人だと思う。

「藤吉兄さんのお友達ですか？」

目のやり場に困って、ちょっとむっとして訊いた。

「いや、今、そこで知り合ったばかりさ。この娘が、お糸に用事があるって話でね」

藤吉が路地の入口を指さした。

「ええっと、美しいお嬢さん、まだ名を聞いてなかったね」

「夢と申しますわ」

夢が高い裏声を出して、藤吉に熱っぽい目を向けた。

「あなたがお夢さんですか！」

糸が目を剝くと、夢は「ええ、そうです」と可愛らしく小首を傾げてみせた。

「事情はもちろんご存じですよね。お千代がどんなでたらめを言ったのかお恥ずかしい限りですが、大事なことなのでやって参りました。あっ、でも、手早く済ませますわね」

夢が藤吉にちらりと目を向けた。

「これ、お千代に渡していただきたいんです。あたしが急に訪ねていったら、お千代、もっと意地を張るかもしれないでしょう」

分厚い文――。

糸は思わず心の中で、ひっと叫び声を上げた。

「すみません、それはできません。私はただの代書屋ですから、そこまで深入りはいたしませんよ」

脳裏に小豆色の血しぶきが飛び散る。有無を言わせない調子できっぱりと断った。

「お糸、お夢さんは困っているんだよ。気の毒じゃないか。少しくらい頼みを聞いてやってもいいんじゃないかい？」

藤吉兄さんはあの血しぶきの飛んだ文を見ていないから、そんな呑気なことを言えるのよ、と糸は腹の中で呟いた。

「すみません、どうしてもできません。申し訳ありません」

糸の強い口調に、藤吉がきょとんとした顔をした。すぐに気を取り直したように、

「そ、そうか。じゃあ、ちゃんとお夢さんの心を見てやっておくれよ。聞いた話じゃ、縁切り屋のお糸は、心に残ったものを見ることができるんだろう？」

「……心に残ったものですって？」

夢の目が嫌な調子で光った。

「そうさ、お糸は縁を切られた相手の心に残ったものを、見ることができるんだ。それでいつも円満な縁切りを……」

「いつも円満、なんてわけではありません。藤吉兄さん、いい加減なことを言っては駄目よ」

糸は藤吉に幾度も目配せをするが、藤吉は夢に魅入られてしまっているのか、察する様子はまったくない。

「ええっと、じゃあ、あたし、出直すわ」

夢が、気味が悪いほどあっさりと言った。

「ねえ、お兄さん、もし良かったらこれから飲みに行かない？」

「今日これからか？　済まねえな、今日はちょいと野暮用があってね」

藤吉が素っ気ない口調で言った。

夢がほんの刹那、ぼんやりと目を泳がせた。

「……あらあ、残念ね。じゃあ、またの機会にね」

夢は藤吉に身を寄せて、耳元にふっと息を吹きかけた。

「ああ、気を付けて帰れよ。変なところに寄り道しちゃいけねえぜ」

「なあにそれ。あたしは子供じゃないのよ」

夢はけらけらと笑って、藤吉に手を振りながら去っていった。

藤吉はそんな夢の背が消えるまで、名残惜し気に見送る。

「ね、ねえ。藤吉兄さん、あのお夢さん、とても綺麗な人だけれど、藤吉兄さんが仲良くなるにはちょっと難しいお相手かもしれないわ」

余計なお節介とはわかっていても、口を出さずにはいられなかった。

「……あの娘、腕が傷だらけだったな。まるで烏賊《いか》焼きみてえだ。綺麗な白い肌が台無しだよ。かわいそうに」

藤吉が急に低い声で振り返った。

「藤吉兄さん、駄目よ、あの人は……」

言いかけた糸に、わかっているさ、と頷く。

「あの娘は死神に憑かれているからな。いくら俺でも大事な人と死に別れ続き、ってのは耐えられねえさ。いい女だったけれど諦めるよ。ほらよ、お糸、俺が変な気を起こさないようにお前が預かっておいてくれ」

藤吉が小さな紙切れを差し出した。

女らしい儚げな字で、住まいの場所を書いてある。

「ずいぶん手慣れた様子だよ。若い娘がこんなことやってちゃ、長く生きられねえさ。お夢って女はあんなに別嬪なのに、手前のことをちり紙みてえに安売りしちまうんだからな」

藤吉の頬が紅い。これはきちんと目を光らせていなくては。

「藤吉兄さん、駄目よ。ほんとうに駄目ですからね」

糸が念押しすると、藤吉は「ああ、わかっているさ。当たり前だろう」とむっとした様子で答えた。

5

「よろしいですか。夜寝る前と、真夜中に一度、そして明け方日が昇る前に一度、柔らかく煮ほぐしたお魚を匙《さじ》でちょうど三杯だけ、少しずつ与えてくださいね。あ、一緒にお水もお匙で三杯あげましょうかね。それから大丸がもういいというまで、お腹《なか》を優しく撫でてあげてくださいね。万が一怠って大丸のお腹の具合がもっと悪くなったら、おイネ婆さまのお怒りはただじゃ済みませんよ。もう藤吉さんはこの長屋にはいられなくなりますからね！」

暗い路地に奈々の声が響き渡った。

跳ねるような足取りで糸の部屋に駆け戻ってくる。

「お奈々、ありがとう。大丸が夜通し見張っていてくれたら、きっとうまく行くわね」

「おイネ婆さまから一晩大丸を借りるのが、何より大変でございました。『うちの大丸は、子供が大嫌いなんだよ！　あんな子供みたいな男のところにやれるかい！』ってね」

藤吉の様子がどうにも危なっかしいので、奈々の案で、今夜はイネの飼い猫の大丸と過ごさせることにした。

藤吉は根が優しい男なので、大丸が腹を壊して夜通し看病が必要だといえば、置き去りにして夢のところへ出かけてしまうなんてことはないだろう。ほんとうは壮健そのものの大丸は、一晩中少しずつおやつを与えて撫でさすってもらって至福の時を過ごすに違いない。

二人で顔を見合わせてくすっと笑った。

「ねえ、お奈々、今日は、大丸の代わりにおイネさんのところで寝てあげてちょうだいな。お奈々のために、あったかい掻巻を用意してくれているみたいよ」

「ええっ？　おイネ婆さまのお部屋にお泊まりですか？　初めてです。お年寄りは朝がずいぶん早そうなので、急いで寝なくちゃいけませんねえ。今日は大丸はいないということですが、もう二匹の猫たちはきっとお部屋に……」

奈々はまんざらでもない様子で、楽し気に応えた。

食事を終えてから、左隣のイネの部屋の戸口まで送っていく。

「言っておくけれど私は鼾掻きだから覚悟しておきなよ。うるさいのが苦手だったら、最初から耳に綿を詰めておくんだね」

「まったく平気です！　奈々はどんなに騒々しい場所でもすっきり眠れます。それに奈々も鼾の大きさでは負けませんよ、時折、おとっつぁんが勘弁してくれ、って泣き言を洩《も》らすくらいですからね。やあ、猫さんたち、こんばんは。今日は奈々がここで一緒に寝ますからね。楽しみですねえ」

奈々が枕を小脇に抱えて、早速イネの部屋で寛ぎ始めた。

奈々が来るからとずいぶん部屋を整えたのだろう。イネの部屋はさっぱり片付いて、ほとんど新品にしか見えないような掻巻が丁寧に畳んで置いてあった。

「おイネさん、ありがとうございます」

糸はこっそりと耳打ちをした。

「いいさ、あんたのところじゃ、何が出てくるかわかったもんじゃないからね」

イネが身震いする真似をしてみせた。

「お夢って女は、お糸のところに生霊を飛ばせるって知っているんだろう？　お糸だったら必ずわかってくれる、って期待しているんだろうね」

「ええ、おそらくそうだと思います」

暗い気持ちで頷いた。

「もう何が現れても相手にしない、ってのも、一つの手かもしれないよ」

イネが突き放すように言った。

「誰だって、やりたいように生きるのがいちばん幸せだろう？　己のことを傷つけたくてたまらない、だなんて酔狂な奴はとことん行くところまで――」

「違います。お夢さんは、ほんとうはそう思っているわけじゃないんです。自分の身体傷つけたいだなんて、そんな悲しいこと……」

糸は首を横に振った。

藤吉を飲みに誘って断られたときの、夢の顔を思い出す。

あっさり平気を装っていたが、息がぴたりと止まっていたのがわかった。あのときの夢は、まるでかくれんぼをしていて取り残されてしまった子供のように見えた。

「きっと、きっと、お夢さんは、痛みがわからなくなってしまっているだけなんです。

幼い頃から、継母にいじめられ続けたせいかもしれません」

「どうだかね。継母なんてもんは、継子《まま こ》をいじめるのが仕事だろう？　近頃の若い奴らの甘ったれにゃ、私は、ちっともぴんと来ないね。さあ、お奈々、明かりを消すよ。きちんと歯を磨いたかい？　えっ？　まだだって？　じゃあこの磨き粉を使わせてやるから早く支度しな。ぼやぼやするんじゃないよ。もう猫たちが寝る頃だよ」

イネが部屋の中を振り返って、がみがみと命じた。

「はーい、今すぐ！」

奈々が追い立てられて走り回りながら、「お糸ちゃん、おやすみなさい」と明るい声で言った。


いつにも増して嫌な暗闇だ。

目を閉じようとすると、血しぶきの飛んだ文が胸をちらつく。

恐ろしい光景だった。

だが同時に、出会ったばかりの藤吉にまるで客引きの遊女のように艶っぽく甘えていた夢の姿を思い出す。震えるような恐怖は、糸の心の中で哀れみに変わっていった。

心の痛みに耐えるために己を傷つける。そんな身も心も苦しい振る舞いに駆り立てられる夢の境遇を思うと、どうしてこんな悲しいことになってしまったんだろうと、涙が零れそうになる。

傍若無人に人に迷惑を掛ける無法者と比べれば、見ず知らずの人にははるかに害は少ないかもしれない。だが身近な者にとって、大事に思っている相手が幾度となく己を傷つけ血を流しているなんて、耐えられるはずがない。

寄り添い続けるうちに気が滅入って、逃げるように去らざるを得なくなった千代の気持ちは痛いほどわかった。

「このままじゃ、お夢さんはほんとうに長く生きられないわ。そんなの、お夢さんだって望んでいないはずよ」

友達と思っていた千代を失った夢が、孤独に耐えられなくなったときにどんな動きをするのか。身の毛が弥立《よだ》つような思いがした。

「お夢さん、ほんとうは大事な人に囲まれて、明るく楽しく微笑み合って生きたいと思っているんですよね？」

糸の胸を、養い親の笑顔がさっと過る。

刺すような胸の痛みに、思わずうっと息を止めた。

長く実子を持てなかった養い親夫婦に、初めてできた赤ん坊。糸は養母の腹が少しずつ大きくなるのが幸せで幸せで、弟か妹が生まれるのをわくわく心待ちにしていた。

だが糸は夜になると〝あれ〟が見える。

夜ごとに暗闇を指さして泣いて叫んで逃げ惑って、幸せな温かい家族に陰鬱な黒い染みを飛び散らせてしまったのだ。

「今ならばまだ間に合うかもしれません。お夢さん、どうぞ軽はずみなことはやめてください」

頰を涙が一筋伝った。

ことん、と音がした。

慌てて身体を起こす。

周囲を見回すと、枕もとに何かがある。

夢の心の中に残ったものが届いたのだ。ならば少なくとも今このときの夢は、無事だということだ。

指先が触れたそのとき、不穏な手触りを感じた。咄嗟に手を引っ込めた。

改めて恐る恐る、逆側から手を伸ばす。

「剃刀《かみそり》だわ……」

持ち手に縄が何重にも巻かれた、男が月代《さかやき》を剃《そ》るために使う剃刀だ。

よくよく見ると剃刀には僅かに血が付いている。

糸は大きく首を横に振った。

「ねえ、お夢さん。違うんです。そうじゃないんです！」

暗闇に向かって語り掛ける。

「これでは同じことの繰り返しです。血の付いた剃刀が私のところに出てきた、なんて、お千代さんにはとてもじゃないけれど言えませんよ」

闇の奥はしんと静まり返っている。

「駄目です。こんなもの認めませんからね。お返しします」

剃刀を乱暴に枕元に置き直した。

決して甘い顔は見せないぞ、と、両腕を前で組んで剃刀を睨み付ける。

剃刀は往生際悪くしばらくそこにあったが、そのうち諦めたようにふっと消えた。

6

夢のことは考えないようにしよう、あんな捻くれ者なんて放っておこう、と心で唱えた。だが次第に居ても立ってもいられなくなり、日中の仕事がさっぱり手に付かなくなってしまった。

「お奈々、お散歩に行きましょう」

「はいっ！　お千代さんのところでしょうか！」

良い返事で目を輝かせる奈々に、糸は、

「違うわ。お夢さんが平気にしているかしら、って、ちょっと陰から様子を見るだけよ」

と、藤吉から託された、夢の住まいが書かれた紙切れを見せた。

夢の住まいは本所二ツ目《ふため》の華やかな通りからほど近い、焼け残った長屋だった。柱だけが焼け残ったところに、襤褸布《ぼろぬの》を被《かぶ》せてどうにかこうにか部屋のようなつくりになっている。

女のひとり住まいには少々危なっかしいところではあるが、人通りの多い場所から近くて賑やかなため、遊び好きの若者にはちょうど良いのかもしれない。

他にも夢と同じくらいの年頃の若い娘が幾人か住んでいるらしく、軒先に派手な着物が干してあり、安っぽいお香の甘い匂いが漂っていた。

「なんだか寂しい長屋でございますね。女の人が大勢暮らしているのに、路地を掃き掃除する人が誰もいないようです」

奈々が足元の紙屑を見つめて、ぽつんと呟いた。居心が悪いのか、目に付いた大きな塵をいくつか拾い集め始める。

「お奈々、お利口ね。私も一緒にやるわ」

ほんとうは赤の他人の長屋の路地掃除なんてしたくはなかったが、素直な心で掃除を始めた奈々に、そんなもの汚いから放っておきなさい、と言うわけにはいかない。

糸も一緒になって身を屈めた。

「じゃあな」

ふいに奥の部屋から、ぞんざいな男の声が聞こえた。

「ねえ、次はいつ来てくれるの？　約束が欲しいのよ」

「えっ、次か？　えっとな、ちょっと先だ」

「ちょっと先ってのはいつのこと？　って訊いているのよう」

「ちょっと先ってのは、ちょっと先のことだよ。な、それじゃ、俺はこれから大事な用事があるから失礼するよ」

部屋から飛び出した若い男が、糸と奈々が纏めた塵の山を蹴散らして去っていった。

「きゃっ！　もうっ、いったい何なのでしょうね。あんなに急いで。大人のくせに、すみません、の一言も言えないんですから」

奈々が頬をぷうっと膨らませた。

「……ねえお奈々、あのお部屋、お夢さんの部屋だわ」

つれない様子の男にねっとりと追い縋《すが》る口調が耳に残った。夢の声だ。

「お夢さん、ちゃんと通ってくる惚れた男の人がいるじゃないですか。それなのに藤吉さんにまで粉をかけて。まったく、だらしない人ですねえ。藤吉さんのことは、大丸にしっかり見張っていてもらって正解でした」

あの男は、部屋に通ってくる惚れ合った相手ではない。どう見てもその場限りの行きずりの様子だった。

糸はそうとは口に出さずに、「そうね、もう行きましょう」と促した。

「ええ、そうしましょう。お夢さんはどうやら元気そうですから、何も心配いりませんね。早速、藤吉さんに今見たことを教えて、目を醒《さ》ましてあげましょう」

奈々のように聡明な少女にとって、男にだらしない女というのはかなり気味悪いものに見えるようだった。

奈々はむっとした不機嫌な顔だ。

見違えるように綺麗になった路地を戻りながら、糸の胸に空しさが広がる。

きっとこの路地の住人たちは、先ほど塵を蹴散らして行った男のように、ここを整えてくれた誰かがいることにさえ気付かないに違いない。

すすり泣く声が聞こえたような気がして、ふと振り返る。

胸がざわついて息が浅くなる。己までもが、生きることの悲しさに押し潰されてしまいそうな気がした。

「……ごめんなさい。私は、お夢さんの力にはなれないわ」

奈々に聞こえないように、口の中だけできっぱりと呟いた。

「さあっ、お奈々、ご機嫌を直してちょうだいな。今日は塵拾いのご褒美に、両国橋に行って餅菓子でも買って帰りましょうか」

「ええっ！　それはそれは楽しみでございますねえ……」

奈々はまっすぐ前を向いて、一度も路地の奥を振り返らなかった。

7

奈々の手を引いて長屋に戻った。

纏わりついてくる重苦しい思いを振り払ってしまおう、という心持ちで、奮発して両国橋の茶屋で餅菓子をたくさん包んでもらった。包み紙を手にした奈々は、足取りは軽くほくほく顔だ。

どっと疲れた心と身体には、奈々の屈託ない笑顔が何よりも救いだ。

やはり、気鬱を抱えた人に軽い気持ちで深入りしてはいけない、と思い知る。

「あれっ？　あちらにいるのは、お千代さんではないですか。いったいどうされましたか？」

奈々の声に驚いて顔を上げる。

糸の部屋の前に千代が立っていた。糸と奈々に気付いてさっと近づいてくる。落ち着きなく周囲に目を巡らせながら、気まずそうな顔でぺこりと頭を下げた。

「もしかして、お夢さんに何かありましたか？」

驚くほど深刻な声が出た。

「えっ？　お夢がどうしたんですって？」

千代が血相を変えて訊き返した。

「いいえ、いいえ。私はお夢さんの様子なんて何も知りません。無事に縁切りを終えたはずのお千代さんがこちらにいらっしゃる、ってことは、何か困ったことでもあったのかしら、と思っただけですよ」

慌てて取り繕った。

藤吉のことも、夢の部屋を訪れていた男のことも。そしてもちろん闇から現れた血濡れた剃刀のことも、千代には伝えるつもりはなかった。

「すみません。あの娘、どうしているのかなって思ってしまいまして」

千代が大きく長いため息をついた。

「縁切り状を送りつけたこっちの言い草じゃないのは、わかっているんです。でもね、あれからずっと、お夢のことが気になって仕方ないんです。まさかまたよくないことをしているんじゃないだろうか。ろくでもない男を連れ込んでいるんじゃないか。ちゃんと食事はしているのか。寂しくて、酒は飲み過ぎていないか、って。これじゃあまるでおっかさんみたいです」

ここのところうまく眠れていないのだろう。千代が皺の目立つ目元を細めた。

「……お気持ちはとてもよくわかります」

糸は頷いた。

「ってことは、お夢はここへ来たんですね？　何か言っていましたか？　また変な分厚い文を持って来ましたか？　もしそうなら、それはとても危ない話なんです。あの娘、己を傷つける前に、必ず誰かに長ったらしい文を託すんです。中身はご覧になったとおりですよ。私のことを今すぐ助けてくれなくちゃ命を絶ってやる、って。そんな脅しがみっちり詰まった、身の毛の弥立つような文です」

「えっ」

糸は息を呑んだ。背筋が冷たくなる。

「やはりそうなんですね。お夢、例の文を持ってきたんですね。こうしちゃいられない。今すぐにあの娘のところへ……」

「いい加減、お夢さんを相手にするのはやめてはどうですか？　せっかくお糸ちゃんが書いた縁切り状が台無しです」

奈々がぞっとするような冷えた声を出した。

今にも駆け出そうとしていた千代が、呆気に取られた顔をした。

「お夢さんがいつまでも、危なっかしい振る舞いを繰り返すのは、結局お千代さんが相手にしてしまうからですよ。あんな人、放っておけばいいんです。お望みどおりに、野垂れ死にさせておけばよいのですよ」

「ちょっと、お奈々。そんな言い方はやめなさい……」

糸が窘めると、奈々が鋭い目できっとこちらを睨んできた。

「心から生きたいと願った人が、生きることができない世です。死神とおままごとをしているような大馬鹿者を、構っている暇はありません」

奈々が精一杯虚勢を張った顔をして、今度は千代を睨んだ。

「奈々は、お夢さんのような罰当たりな人に関わるのはまっぴらです。お夢さんの話を聞くと、奈々は、この世なんて信じられないような嫌な心持ちになります。おっかさんはどうして亡くなったんだろうって。まっすぐに真面目に暮らしていたおっかさんが亡くなって、お夢さんのような人が命を粗末にしているこの世というのは、いったい何なのだろうって！　生きることそのものが空しくなるのです！」

奈々の目には涙が浮かんでいた。ぽろぽろ流れる綺麗な涙ではない。悔しさのあまりじわじわと滲み出る、血のように熱い涙だ。

子供の口から飛び出した「空しい」という言葉の強さに、糸と千代は同じ顔でぐっと口を結んだ。

「お嬢ちゃん、ごめんね。あんたの言うとおりね」

千代がこくんと頷いた。

「お糸さん、私、もう手を引きます。お夢のことは、もう……」

そのとき、路地でにゃあ、と猫の太い鳴き声が聞こえた。

間髪容れずに長屋の戸ががらりと開いた。

「おうっと、大丸じゃねえか。俺のことがそんなに好きになっちまったのか？　そうか そうか、一晩中寝ずの看病をしてやった俺の優しさに、惚れ込んじまったってわけだな。じゃあ昼飯を喰っていくかい？　そうかそうか、ようしようし。鰯《いわし》を湯がいたやつでいいね？　こんなこともあろうかと、朝から用意をしていたんだよ。さあさあ、中へお入り。あれっ？　お糸、お客さんかい？」

藤吉が不思議そうな顔でこっちを見た。

千代があまり関わって欲しくないという顔で、目礼する。

今度は左隣の戸ががらりと開いた。

「この娘が、お夢に縁切り状を送ったのさ。はいはい、人の猫に勝手に昼飯をやらないでくれよ。昨夜のあれは、お奈々にどうしてもって頼まれたから、しかたなく許した一度きりのことさ。大丸はうちの子だよ。返しておくれ」

不機嫌な顔をしたイネが顔を出した。

「ええ、そんなあ……。大丸、こんなに俺に懐いているんだよ。なあ？」

藤吉が足元に身を摺り寄せる大丸に眉を下げてから、ふいに、真面目な顔をした。

「お夢に縁切り状を書いただって？　そうか、あんたがお千代さんか」

「皆さん、お夢のことを知っているんですね？　お夢がこの長屋で、何かご迷惑をお掛けしたんでしょうか？」

千代が不安げな顔をした。

「ああ、迷惑なんてもんじゃないさ。うちの猫まで大迷惑さ。さあ、大丸、帰るよ」

イネが忙しなく手招きすると、大丸は渋々という様子でイネのところへ戻っていく。

「ああ、大丸……」

名残惜し気に見送ってから、藤吉は糸に目を向けた。

「それで、お夢の胸に残った生霊は、何だった？　昨晩、お糸の部屋に現れたんだろう？」

「藤吉兄さん、やめて――」

悲鳴に近い声を上げたが、もう遅い。

「お夢の、胸に残った、生霊、ですか？」

怪訝そうな顔をした千代が、確かめるように繰り返す。

「そうさ、お糸ってのは、ただの縁切り状を書くだけの代書屋じゃねえんだ。縁切り状を送りつけられた相手の胸に残ったものが見えるのさ」

「お糸さん、それはほんとうですか？」

千代に向き直られて、糸は、頭を抱える心持ちで「ええ。生霊かどうかは知りませんが」と力ない声で応えた。

「何が見えましたか？　お夢の心に残ったものを教えてください」

　せっかく千代が夢と関わりを断つと決めたばかりなのに、事実を言えるはずがない。この場を収めるうまい嘘はないかと、しばらく真剣に頭を巡らせてしまう。

「ごめんなさい、言いたくありません」

　糸は唸るように言って首を横に振った。

　千代がそれで納得するはずはないとわかっているのに、こう応えるしかなかった。

「当てましょうか。剃刀でしょう。それも血濡れの。お夢のお気に入りです」

　糸はひっと息を呑んだ。

　千代は糸の顔をじっと窺うように見つめて、合点したように小さく頷いた。

「わかりました。これが正真正銘、お夢に会う最後の場です。お嬢ちゃん、あなたは一緒に来ては駄目よ。ここで待っていなさい」

　千代は膝を屈めて奈々と目を合わせると、

「何も迷わず、壮健に長く生きなさい。お嬢ちゃんのおっかさんは、ただそれだけを望んでいるわ」

　と、真剣な面持ちで言った。

8

「お夢、平気なの？　とんでもないことをしでかしちゃいないわよね？」

千代が部屋の戸口の代わりの襤褸布を、勢いよく取り去った。

「わっ！　やってくれたわね！」

千代の苦渋に満ちた声が響いた。

「お糸さん、手伝ってくださいな。派手にやらかしたけれど、息はあるようです！」

「……お千代、ごめんね。ごめんね。来てくれたのね。ありがとう」

部屋の中から、か細い呻き声が聞こえている。

糸が意を決して飛び込むと、部屋の真ん中で夢がぐったりと倒れていた。腕の周りには血だまりができている。ぱっと見は白装束に見えてもおかしくない、薄い桃色の小紋を着ている。着物は血だらけで恐ろしい有様だ。

夢は、わざと血が目立つようにその色の着物を選んだのか。虫の息の人を前に、そんな冷たく意地の悪い思いを抱いてしまう己に、ぞっとした。

「お糸さん、すみませんが手拭いで肘のあたりを強く縛ってくださいな。ほら、あんたは腕を上に挙げて。心ノ臓よりもうんと上に挙げるのよ。ああ、もう血はほとんど止まっているわね」

千代は夢と目を合わさずに、淡々と手当をする。

「お千代、ありがとう。お千代がいてくれなかったら、あたし、死んじゃってたわあ」

夢は人形のようにだらんと手足の力を抜いて、どこかうっとりしたような恍惚《こうこつ》の表情を浮かべている。

「よしっ。これで何とか平気そうね。しばらくはいくら苦しくても、手拭いを外さないでちょうだいよ」

千代は力強い声で言ってから、「さてと」と呟いて、天井をぐっと睨んだ。

「ああ、お千代。今度こそ、あたしとは縁切りだって言いにきたのね。もう、あたしみたいに心根の弱い女とは付き合い切れないって、言いにきたのね」

夢が、ううっと泣き崩れた。

「あたしだって、どうしたらいいのかわからないの。あたしって、どうしてこんなに弱い人間なのかしらって。どうしてこんなに生きるのが辛いのかしらって……」

「お夢は弱くなんかないよ。何度死に目を見たって、何事もなかったみたいにけろっとしてる。誰よりも強い身体と肝っ玉を持ってなくちゃ、そんなことはできやしないよ」

千代がきっぱりと応じた。

「お千代……？」

「そこいらの人ってのは、こんなに血を流すのなんて一生に一度、あるかないかだよ。

言葉通り、生きるか死ぬかの一大事なの」

「ちょ、ちょっと、お千代、やめて。いったい何をするの？」

千代が足元に落ちていた剃刀を拾い上げた。夢の血で濡れた剃刀だ。

千代は己の腕に剃刀の刃を押し当てた。恐ろしくてたまらないのだろう。剃刀の刃はぶるぶる震えて、千代の鼻先から冷や汗が落ちる。

「お千代さん、危ない！　やめてください！」

糸が飛び付こうとするのを、目力で制する。

「お夢、ようく見ておいで！」

刃が震えたせいで、肌の上にうっすらと傷がついてしまったのだろう。細い傷から一滴の血が落ちる。

まるで己の腕をゆっくりと切り刻まれているような激しい痛みを感じる。何とかしなくちゃ、と思うのにがくがくと膝が震えて動けない。

「きゃあ！　やめて！　お千代！　お願いだからやめてちょうだい！」

夢が悲鳴を上げて千代の足元に縋りついた。

千代が腕をすぱりと切った。

音もなく泉のように真っ赤な血が溢れ出す。もう一度、もっと深く切ろうと剃刀を握り直す。

「いやあー！」

夢の金切り声と、藤吉が飛び込んできたのは同時だった。

「やめろっ！」

藤吉が千代の腕を捻り上げて、剃刀を叩き落とした。そのまま有無を言わせずに傷口の上に圧《の》し掛かる。

「こ、これ。手拭いです。肘のあたりを強く結べば血は止まります。あと、心ノ臓より上に手を挙げて……」

夢が部屋の隅の行李《こうり》へすっ飛んで行って、藤吉に手拭いを差し出した。ほんの数日前にべたべた身を寄せた相手の男だとはちっとも気付いていない様子だ。

「ありがとうよ。って、お夢、いったいその着物はどうした。へっ？　な、なんじゃこりゃあ！」

藤吉が凄惨な部屋の光景を見回して目を剝いた。急に怖くなったように、腰を抜かさんばかりの様子でへたり込んだ。

「ねえ、お夢、あんた私の友達だよね」

剃刀の切り傷は、思った以上に痛かったのだろう。千代が真っ青な顔をして、片手を上に挙げたまま訊いた。

「ええ、もちろんよ。お千代はあたしの大事な大事なお友達よ」

夢が安堵《あんど》の涙を拭いながら言った。

「なら、わかったでしょう？　大事な人が怪我をする、大事な人が血を流す、大事な人が己を傷つけるのがどれだけ辛いことか」

「大事な人……」

夢がぼんやりとした顔をした。

「私は、あんたが大好き。あんたの調子が良くてお喋り好きで、情に厚いところが大好き。だから、あんたが己を傷つけるのは、もう耐えられないんだ。あんたのことが面倒くさい、だとかお灸《きゆう》を据えてやらなくちゃ、なんてそんな意味じゃないの。私自身が、胸が痛くて痛くてたまらないから、もうあんたの側にいることはできないんだよ」

千代がゆっくり優しい声で言い聞かせた。

「あたしも、お千代のことが大好きよ。あんたの綺麗な腕を傷つけるなんてこんな馬鹿なこと、もう二度とさせないわ」

夢が千代の腕に目を向けてから、窘めるように首を横に振った。

「お夢、さようなら。どうかあんたが、いつまでも壮健で暮らせますように」

千代が夢の手を取って握った。

「うん、お千代。さようなら。あたしも、あんたが病気も怪我も一度もなく、これからあの人とずっと幸せに暮らしてくれるように祈るわ」

二人は、それぞれ同じように手拭いで縛った腕を重ねた。

「お千代、ごめんね。あんたのことを怪我させて」

夢の言葉に、千代は「私が勝手にやったことさ」と首を横に振って笑った。

「それと、お千代、ごめんね。あたし、己のことを傷つけて」

「そこはもっと、もーっと謝ってもらわなくちゃいけないねえ。何回謝らなくちゃいけないか、胸に手を当てて、ようく考えてごらんよ!」

二人は顔を見合わせて小さく笑い合った。

9

「大丸はなんて良い猫でしょうねえ。人の言葉がすべてわかる賢い子です。こんなに立派な猫は見たことがありませんよ」

奈々が、大丸をうんしょと抱き上げて頬ずりをした。

「藤吉さん、よかったですね。大丸と暮らす代わりに、この子の面倒をお願いしますよ。見たところ、まだ乳離れするかしないかではないですか。きっとおっかさんとはぐれて、路頭に迷っていたに違いありません。こまめに柔らかく煮た魚を与えて、温めて、大事に大事に育ててあげてくださいね」

夜中の見回りに出ていた大丸が、一匹の仔猫を咥《くわ》えて戻ってきたのだ。茶色と黒がまだらになった錆猫《さびねこ》だ。

「おうおう、こんなちっちゃい顔をしてぴいぴい鳴いて。赤ん坊のうちってのは、猫だか犬だか狸だかわかりゃしないねえ」

仔猫を抱いたイネが、溶けそうな笑顔で目を細めた。

「おイネ婆さま、あまり可愛がってはいけませんよ。情が移りますからね。この子は藤吉さんのところの子になるべくして、やってきたのです」

「うるさいねえ、わかっているさ。私は、顎がどっしりした大人の猫が好きなんだよ。ただ仔猫ってだけで、きゃあきゃあ騒いで喜ぶ軽薄な奴らとは違うんだよ」

イネが膨れっ面で、仔猫を「はいよ」と藤吉の胸にそっと預けた。

「お、おう。おイネさん、悪いね……」

言いながら、藤吉の頬がみるみるうちに真っ赤になった。

「おうい、お前、名は何ていうんだ？　ん？　ん？」

「猫に生まれ持った名はありませんよ。この子の名は、藤吉さんが付けるのです」

「俺が、か……。どうしようかねえ。どんな名が良いかい？　団子、饅頭《まんじゆう》、甘酒、みかん……。なんだか喰うもんばっかりだねえ」

藤吉が小さな猫と鼻先をくっ付け合って、でれでれの笑みを浮かべた。

「藤吉さんは、お夢さんとはまた違った寂しがり屋ですからねえ。誰かの面倒をみていれば少しは腰も落ち着くでしょう。この子が立派に育つまでは、女の人絡みでふらついている間《ま》はありませんからね」

奈々が両腕を前で組んだ。

「そういや、お夢は尼寺に入ったそうだね。うまいところに収まったさ。この世には、己の足で立つことが苦手な奴は必ずいるからね。学問や駆けっこが苦手だってのと同じで、ちっともおかしなことじゃないさ。そんな奴が生身《なまみ》の人に寄りかかったら、誰だって共倒れしちまう。仏様の大きな背に縋るのがいちばんさ」

イネが藤吉の胸の中の仔猫に、いないいないばあをしてみせた。

「あ、熊蔵さん。おとっつぁんなら、昨夜帰りがずいぶん遅かったので、まだ部屋でお休み中ですよ」

奈々が路地の入口に向かって手を振った。

「いやあ、今日、俺が用事があるのは親方じゃなくって……」

熊蔵がもじもじしながら目を巡らせる。

「あっ、こいつがいるのか。面倒だなあ」

藤吉に気付いて露骨に嫌な顔をしてみせる。

「平気ですよ。藤吉さんは、今は、熊蔵さんの顔なんて目に入ってさえいません。声も聞こえちゃいません」

奈々の言うとおり、藤吉は胸に抱いた仔猫の耳元で何やら睦言《むつごと》を囁いている。

「そ、そうか。ならいいけどな。ええっと、お糸さん、ちょっと二人で話せるかい？」

「えっ？　皆の前ではいけませんか？」

首を傾げかけてから、ふいに藤吉の言葉が胸を過る。

――お糸、あいつはお前に惚れているんだぞ。

まさか、まさかと思ううちに、みるみる顔が熱くなった。思わず、えへんえへんと強めに咳払いをした。

「皆の前で話せないような、いかがわしい話かねえ」

イネがわざとらしく顔を顰めた。糸の様子を窺うよりも、口をまっすぐに一文字に結んで強張った顔をした熊蔵をからかうほうが面白いのだろう。

糸はこっそりと息を吐く。

頬を染めた糸の様子に気付いていたら、イネは鬼の首でも取ったように面白がって騒ぎ立てるに違いない。

「う、うるせえぞ。おイネさん、ちょっと黙っていてくれよっ！　ならいいさ、別に誰に聞かれて困る話でもねえさっ！　お糸さん、今度、弥勒寺にお参りに行かねえか？　親方が作事をやったとかで、美味い団子を出す水茶屋があるって話さ」

ほんとうにそれだけの話なのだろうか。

弥勒寺の水茶屋といえば、夢と千代が働いていた場所だ。皆が連れ立って歩く華やかな参道がある。

でももしかしたら熊蔵は、気兼ねない友達として糸を選んだだけかもしれない。

このご時世、男と女が唯一無二の親しい友になるという話はあまり聞かない。だが、熊蔵はお江戸でいちばん進んだ考えの持ち主かもしれない。いやいや、いくら進んだ若者でも、男女が仲間として連れ立ってお参りに繰り出す、なんて話は聞いたことがない。

頭の中をいろんな言葉がぐるぐると回る。

「弥勒寺にお参りに、ですか？」

とりあえず平静を装って訊き返した。

「ああそうさ。俺はお糸さんと二人きりで行きてえんだ。嫌ならいいんだ。きっぱり、ぴしゃっと断っておくんな。俺はフラれたからって、態度を変えるようなちっちぇえ男じゃねえさ」

ここまで言われてしまったら、誘いの意味は誰でもわかる。熊蔵の口元が拗ねたように尖っていた。

糸は呆気に取られた心持ちで、しばらくぽかんと口を開けていた。

誰かに想われていたなんて。親のない己のような寂しい身には、一生、縁がないとばかり思っていた。

ふいに温かいものがふわりと通った気がした。

真正面から、さらに皆の見ている前でこんなふうに誘われて、ただただ驚いていた。だがそんな熊蔵のまっすぐな姿勢は嬉しかった。

「……ええ。行きましょうか」

糸はふっと息を抜いて微笑んだ。

熊蔵は糸にとって、とても心地好く大切な人だ。無下に断ってしまう理由はない。

熊蔵の想いに応えることができるかはわからない。けれどきっと楽しい時を過ごすことができるはずだ。

「ほんとうか？　やった！　お糸さん、何か好物はあるかい？　っていわれてもこのご時世じゃ、喰わせてやれなかったら赤っ恥だからな。苦手なもんだけ教えておくれよ」

熊蔵が小躍りして飛び上がった。

「私は食いしん坊なので、嫌いなものはありません」

糸も口元に手を当てて笑った。

心はほっと落ち着いたはずなのに、まだ胸がどきどきと早い鼓動を刻む。

これが人に恋するということなのかもしれない。

このふんわりした想いが、万が一の別れ際には、あんな身を切り裂くような苦しみになってしまうなんて、ちっとも想像はできないけれど。

糸の脳裏に、これまで縁切り屋を訪れた人々の顔が浮かんだ。

いけない、いけない、どうしてこんなときに。と己を窘めたそのとき。

「お糸ちゃんの嘘つき!!」

和やかな場を切り裂いたのは、奈々の金切り声だ。

「なんで、熊蔵さんの誘いに応じてしまうんですか？　お糸ちゃんは、熊蔵さんと所帯を持つつもりなんですか？　ここを出て行ってしまうつもりなんですか？　ずっとずっと独り身で、奈々のお隣さんでいてくれるのではなかったのですか？」

普段の大人びた様子が嘘のように、地団太を踏んで泣き叫ぶ。

「お奈々、ちょっと待って。聞いてちょうだい。ただ一緒にお出かけするだけよ。そんな大袈裟な話じゃないわ」

糸と熊蔵は、まずいことになったと顔を見合わせた。

「言い訳なぞ聞きたくありません！　もうお糸ちゃんの顔なんて見たくありません！」

奈々は差し出された糸の手を乱暴に振り払うと、一目散に路地から走り去った。

第五章　かまぼこ板

1

暦の上ではそろそろ冬になるが、今年は寒《かん》に入るのが遅いようだ。

道行く人の装いは軽く、まるで夏の終わりのように汗ばんでしまう日もある。

この時季に筆を動かすにはいちばん邪魔になるはずの指先の冷えも、今のところずいぶん楽でほっとする。

糸は器に山盛りにした竹輪《ちくわ》の煮つけを手に、表に出た。

昨夜から続いた雨がようやく止んでいた。真冬の凍るような雨とは違い、雨の湿気のせいでかえっていつもより暖かい風が吹くような、妙な天気だ。

「お奈々、竹輪を持ってきたわよ。夕飯におとっつぁんと食べてちょうだいね」

返事はない。

「機嫌を直してちょうだいな。仲直りしましょう。お奈々の大好きな竹輪よ」

戸口が素早く開いた。と、奈々が脇目もふらずに、兎のように一目散に駆けていく。

「ねえ、ちょっと待って！」

糸の声が聞こえていないはずはないのに、奈々は決して振り返らない。

「おいっ、お奈々！　せっかくお糸さんが来てくれたってのに、なんて態度だ！」

部屋の奥から岩助が飛び出してきた。

奈々はいかにも憎々しげな様子でべえっと舌を出すと、尻に帆を掛けて逃げていった。

「お糸さん、済まないね。後でじゅうぶん叱っておくよ」

岩助が心から申し訳なさそうに肩を竦めた。

「お奈々を傷つけてしまいました。あの子があんなふうに想ってくれていたなんて、ちっとも気付かなかったんです」

ずっとずっと独り身で、奈々のお隣さんでいてくれるのではなかったのですか？

奈々の苦し気な声が蘇った。

もしも糸と熊蔵の仲がうまくいってしまえば、奈々は蚊帳の外だ。これまでのようにお隣同士で気楽に行き来する毎日は、必ず変化を遂げる。

大事な人がそこから去って新たな道を歩み出すということは、大人だって寂しく割り切れないものなのだ。

千代と夢の縁切り。藤吉への幼く淡い憧れ。私はそれをよくわかっていたはずなのに、己のこととなるとすっかり忘れてしまう。

まさか奈々が悲しむはずはないと思っていた、なんて都合の良いことを考えてしまう。

「お糸さんが気にするこたぁ何ひとつねえさ。子供ってのは、変わっていくものはすべておっかねえんだ。俺だって子供の頃は、お気に入りの襤褸布みてえな掻巻を捨てられちまって、わんわん泣いてお江戸じゅうの屑屋を探し回ったさ」

岩助がおどけた調子で、えんえんと泣く真似をしてみせた。

「一つのところにずっと留まるものなんて、この世のどこにもありゃしねえよ。もうすぐお奈々も気付くはずさ」

岩助が遠くを見つめて頷いた。

「熊蔵って奴は、働き者だぞ。見栄えはたいして良かねえが、働いているときは良い顔をしてる。男にしちゃ、気ぃつかいが過ぎるのが玉に瑕《きず》だけれどな。その分、きっといい亭主になるさ」

「そ、そんな。話が早すぎます。ただお出かけをする約束をした、ってだけですよ」

糸は慌てて大きく首を横に振った。

「けど、いくらお糸さんだって、熊蔵の気持ちに気付いてないってわけじゃねえんだろ？」

図星を突かれて黙る。

「あいつは、お糸さんに真心を持っているぞ。誘ってもいいか、って、真面目な顔をしてわざわざ俺に話を通しにきたくらいだからな」

「えっ？　どうして岩助さんに？」

「俺もまったく同じことを聞いたさ。熊蔵ってのはおかしな奴だろう？」

二人で顔を見合わせた。

「だからお糸さん、熊蔵のことをあんまり振り回してやるなよ。大の男がさんざん恥を掻きながら、きちんと向き合っているんだ。あんたの気持ちがどうであれ、まっすぐに応えなきゃいけねえよ。お奈々のことなんて、これっぽっちも気にするこたぁねえさ」

己の煮え切らない想いを見透かされたような気がして、糸は顔を伏せた。

「……岩助さん、ひとつ教えてもらえますか？」

「なんだ、俺で良ければ何でも訊いてくれ」

岩助が胸を張った。

「誰かを好きになるというのは、どんな気持ちなのでしょう」

「……それはもちろん、男と女の仲、ってことだな」

岩助は念を押してから、「ええっとなあ」と照れ臭そうに頰を緩めた。しばらく頭を掻いたり、あちこちに目を巡らせたりと、落ち着きない様子で空を眺めてから、最後に寂しげな目をして、長い長いため息をついた。

「悪いが、無理だ。うまく言えねえな」

「……ごめんなさい、変なことを訊いて」

火事で亡くなった岩助の妻、奈々の母親のことを思い出させてしまったかもしれないと、糸は身を小さくした。

「けどな、一つだけ言えることがあるぜ」

岩助は糸の気遣いを笑い飛ばすように、綺麗な歯を見せて大きく笑った。

「その時が来れば、きっとわかるさ。こいつは己にとって他の誰ともまったく違う相手なんだ、って間違いなくわかるのさ」

「一目出会ったそのときに、お互い雷に打たれたように、ですか?」

黄表紙で使われるような言い回しだ。

「おうっと、いけねえ、いけねえ。そんなのは、絵空事《えそらごと》の物語さ。恋物語の結末は十中八九、悲しい終わり方に決まってるだろう?　あんなもん、決して真似しちゃいけねえぜ」

岩助はあっさり笑い飛ばす。

「きっとこの世は、もっとつまんねえもんさ。おかめみてえな顔だけれど愛想の良い子だなあ、って思っていた程度の幼馴染が、道端で年寄りに親切にしているところに出くわしたり。もう死んじまいてえってくらい追い詰められていたときに、同じ仕事場の女が、何かあったかい?　って、優しい笑顔を見せてくれたり。そんな取るに足らねえつまんねえことで、俺たちはいつも惚れた腫れた、って騒いでいるのさ」

「けれど、相手のことを好きになったときには、必ずわかるんですよね？」

「ああ、そうだ。間違いねえさ！」

言い切ってから、岩助ははっとしたように口を噤んだ。

胸の上で手を組んで不安げな様子の女が、いつの間にか二人の前に立っていた。

「すみません。このあたりに、縁切り屋さんがあると聞いたのですが、ご存じではないでしょうか？　場所も、どちら様かも、詳しいことは何もわからないのですが、近くまで行けば何とかなるかもしれないと思いまして……」

年頃は糸と同じくらいだろうか。装いは地味で化粧気もほとんどない。ちんまりした目と鼻と口が、どことなく幸薄《さち》そうに見える。

「いらっしゃい。お糸さんの縁切り屋はここだよ。店が開くには少し早いはずだが、あんたは運がいいぜ」

岩助が女の落ち着かない様子に気をつかってか、優しい声で言った。

「では、あなたがお糸さんですね。ああ、助かりました。私、由《ゆう》と申します。今すぐに〝縁切り状〟を書いていただきたいんです」

由は糸に縋りつくかのように身を乗り出した。

「私、正太郎《しょうたろう》さんと別れなくちゃいけないんです。だって正太郎さんはおかみさんと息子さんがいる、正真正銘の所帯持ちなんですから」

立ち去りかけていた岩助がぎょっとした様子で振り返った。

2

「正太郎さんとの仲は、もうじき二年になります。おそらくまだ、おかみさんには気付かれていません」

部屋に入ると、由は急に声を潜めた。

つい先ほど岩助のことなんて気にもせずにぎょっとするようなことを言い放ったのに。

所帯持ちとの道ならぬ恋、と聞いて身構えた糸には、どうにも芝居じみた振る舞いに思える。

「そ、そうですか。見つかったら、たいへんなことになりますものね」

大きな罪に問われる不義密通の話を聞かされていると思うと、息が浅くなる。

「ええ、私たちの仲は、決して誰にも知られるわけにはいかないんです」

応じる由の顔は、紛れもなく罪を抱えた女の顔だ。

重苦しい現実を胸に秘めた者らしく、暗い憂鬱の影が付きまとう。

なのに、自身よりも相手のほうに居心悪い思いを抱かせる顔だ。

私はつまらない生を送るあなたたちとは違うのだ、とでもいうような、どこか人を喰ったような驕り高ぶりが滲み出ているように感じられる。

「でも、お別れを決めたからここにいらしたんですよね？　それは間違いなく正しいことですよ」

糸は気を取り直して、文机の上を整えた。

「ええ、別れますとも、あの人とは別れなくちゃいけません。私たち、ずっと一緒にはいられないんです」

言いながら、由はうっと掌で顔を覆った。肩を震わせてさめざめと泣く。

「お辛いでしょうが、ここが我慢のしどころですね」

今日の私はずいぶん冷たい。

泣いている由を前に、寄り添って背を撫でてやる素振りもなく、淡々と墨を磨っている。

「ねえお糸さん、お糸さんは所帯を持っている男の人を好きになったことはありますか？」

いったい何を言い出すのかと、ぎょっとした。

「いいえ、ありません」

きっぱり答える。

「では、どうして私が正太郎さんと良い仲になったのか、さっぱりわからないでしょうね」

「ええ、そうですね。私にはわかりません」

馴れ初めを聞いて欲しそうな顔をなるべく見ないように、顔を背けた。

「私も昔はわかりませんでした。私のことをこの世でいちばん大切に想ってくれている人だと安心できるからこそ、こちらも相手を好きになる。男女の仲というのはそんな理屈にかなったものだと思っていたんです」

由が正太郎という男と見た光景は、理屈にかなったものではないということか。

「お由さん、すみません。私、あまりそのお話は聞きたくないです」

思わず糸は遮った。

胸の中に黒い染みが広がり、息苦しさが増す。

「不義密通のお相手に縁切り状を出されたいならば、喜んで書かせていただきます。ですがお二人のお話は、これからずっと口に出さずに墓場まで持っていかれるほうが良いですよ」

「もしかして、怖いのですか？」

「えっ？」

由の落ち着いた声に、思わず訊き返した。

由は右隣の壁にちらりと目を向けた。先ほど岩助が消えた隣の部屋だ。

「何のことでしょう？　怖いことなんて何もありませんよ。あ、ちなみに先ほどの男の人は、火事でおかみさんを亡くされた子煩悩な方です。妙な勘違いをされては相手にもご迷惑ですよ」

何も聞かれていないのに話し過ぎている気がした。

由は「そうでしたか」と呟いて、意味ありげな目で糸を見た。

「ならば安心しました。お糸さん、どうか私の話を聞いていただけませんか。今まで誰にも決して洩らすことができなかった、それこそ墓場まで持っていかなくてはいけない話です。今日この場限りですべての迷いをさっぱり断ち切るために、どうかお付き合いくださいな」

「そ、そうですねえ……。じゃあ、手短にお願いいたしますよ」

つい先ほどは、きちんと断ることができたはずなのに。結局、押し切られてしまった。

「正太郎さんと出会ったのは、火事のすぐ後です。私が女中奉公に出ていた店は焼けてしまいましたので、根津《ねづ》で百姓をしていた遠い親戚のところに母と二人、置いてもらっています。根津権現さまにお参りに行くたびに顔を合わすうち、言葉を交わすようになりました」

由が覚えずという様子で手の甲を撫でた。火に巻かれて、命からがらどうにか逃げたのだろう。ひどく爛《ただ》れて色が変わった大きな火傷の痕があった。

「正太郎さんにご家族がいるのは、最初からわかっていたんですか？」

由はこくんと頷く。

「ええ。あの人は初めて会ったその日に、子供が描いた絵を懐から出して私に見せたんですから。『これはうちの息子が俺の顔を描いた絵さ。親馬鹿とわかっちゃいるが、五つにしちゃ、才があると思わねえかい？』ってね。そんな語り口だったので、私も悪い人ではなさそうだと、気を安くしてお喋りをしてしまいました」

「いったいどうしてそんなほのぼのした出会いが、人目を忍ぶ男女の仲になってしまうんですか？」

言葉が強すぎたかとひやりとしたが、由はちっとも堪えた様子はない。むしろ、そう、そこが大事なんですよ、とでもいうような顔で頷いた。

「あの人の家族の話を聞いていると、ほっとしたんです。だってあの人は、心からおかみさんと子供を大事にしている、ほんとうにいいおとっつぁんです。こんな良い人いるんだな、こんな人の女房になれたらどれだけ幸せだろうなって思えたんです。だからそんなあの人がある日、私に想いを打ち明けた時は驚きました」

「もし私がお由さんでしたら、まさかそんな邪《よこしま》な人だとは思わなかった、と、とても落ち込みますが……」

「ええ、私も落ち込みました」

由は素直に頷いた。

「私のせいで、こんなに優しい人をこんなに苦しませてしまっていたんだ、って……」

「ちょ、ちょっとどうしてそうなるんですか！　大事な家族を裏切って他の女の人に想いを打ち明けるなんて、どう考えてもいい加減なだらしない男の人に違いありませんよ！」

由は一応は頷きながらも、ろくに聞いてはいない顔だ。

男女の仲とはここまで他人の理解の外にあるものか。糸は呆れ返った心持ちで、肩を竦めた。

「私たちは、人目を忍び、時を惜しんで愛し合いました。けれどわかるんです。ずっとこのままじゃいられない、って。あの人といると苦しくてたまりません。おかみさんと子供に、申し訳ない思いで押し潰されそうになります。私たちは別れなくてはいけないんです」

由が酒に酔ったような甘い声で言った。頰を一筋の涙が伝う。

「はいっ！　お話は、ようくわかりました！　それでは早速縁切り状をお書きしましょう！」

糸は湿っぽい空気を取り払うように、大きな声で言った。

由の身勝手に猛烈に腹が立っていた。

相手の家族に申し訳ない、という心があるならば、そもそも所帯持ちの男と深い仲になどなるはずがない。事が起きてしまった後から思い出したように申し訳ないと言い出すなんて、まるで女房と子供のことを嘲笑《あざわら》っているかのようにさえ思えた。

おかみさんと子供は、由と正太郎の秘密のからくりの一部ではないのだ。嬉しいことがあれば笑い、悲しいことがあれば泣く、血が通った人間だ。

不義密通という罪へ平気で踏み出すような者は、やはり常人とは考えがかけ離れていると思い知った気がした。

「離縁と同じ、三下り半でいい……わけがないですね。万が一おかみさんに見られても平気なように、男の名で、厳めしい調子で書きましょうかね」

「それは良い案です！　どうぞそのようにお願いいたします。差出人は、由太郎、としましょうかね。あの人ならばすぐに私のことだとわかるはずです」

由が華やいだ声を出した。また秘密の甘い味、だ。

糸はいつにも増してさらさらと素早く筆を運んだ。

「はいっ、これでできました。このお文をどのように渡すかは決めていらっしゃるんですか？　いくら偽の名とはいえ、まさかご家族の暮らすお家に送りつけるわけにもいかないでしょう」

「逢引きの場と決めている茶屋の婆さまに預かってもらいます。私、あの人の住まいは知らされていませんもの」

由は、糸の何ともいえない顔つきに気付いたように、慌てた様子で首を横に振った。

「もちろん、教えてもらえなかった、ってわけじゃないんですよ。私が知りたくないと言ったんです。正太郎さんがご家族と幸せにしているところを想像したら、悲しくなってしまうから、って」

由はまた涙ぐむと、己の胸の上に両掌を重ねた。

3

「おうい、お奈々、悪かったよ。お前のお糸ちゃんだもんな。お前を抜きに出かけようだなんて誘っているのを聞いたら、臍《へそ》を曲げて当たり前だよな。三人で一緒に行こうぜ。弥勒寺でうまい団子を喰わせてやるよ」

昼下がりの路地、仕事帰りの熊蔵が眉を下げて奈々に声を掛ける。

「いいえ、お断りします。奈々なぞがいてはお邪魔でしょうからねっ！」

奈々がきっと熊蔵を睨み付けた。

「さあさあ、藤吉さん、猫の抱き方が違っていますよ。首根っこを摑んで良いのはうんと赤ん坊の頃だけです。大きくなった猫というのは縦に抱くのがいちばんです。こうですよ。こらっ、大丸。少し大人しくしていてくださいな」

奈々の腕の中で大丸が、水から上げられた大きな魚のように身を捩る。

「こうかい？　豆餅《まめもち》ちゃんや、豆餅ちゃん。ああ、いい子だ。お前はお利口で大人しいねえ」

　藤吉が腕の中の仔猫に囁きかける。

「ああ、それはいけません。人の赤ん坊のように横抱きでは駄目です。横抱きでは、猫は背の骨が柔らかいので落ち着きませんよ。猫を抱くときは、縦、です」

「はいっ、お奈々先生。さあ豆餅ちゃん、悪いが付き合っておくれね」

　藤吉は慣れない手つきで豆餅と名付けた仔猫を抱き直すと、「あんたも猫を飼うといいさ。乱れた心が落ち着くぜ」と熊蔵にちらりと目を向けた。

「うるせえ、俺はまだ隠居爺《いんきょじじい》にはならねえぞ」

　熊蔵はふんっとそっぽを向いた。

「熊蔵さんとお糸ちゃんは、あっちで二人きりでお話をしてきてはどうですか？　奈々は藤吉さんと豆餅、という新しいお友達に夢中ですので、お邪魔はいたしませんよ」

　奈々が冷ややかに言った途端、大丸が奈々の腕から勢いよく飛び降りた。

「きゃっ、大丸。何を怒っているのですか？　待ってくださいな。まだこれから豆餅に飼い猫としての心得をたくさん教えてあげなくてはいけないのですよ」

　大丸を追いかけていく奈々の背を見送って、糸と熊蔵は顔を見合わせた。

「熊蔵さん、ごめんなさいね」

糸の言葉に、熊蔵は大きく首を横に振った。

「言っただろ？　俺がお奈々の心をわかってなかったのが失敗だよ。仲間はずれなんて意地の悪いことをしちまって、かわいそうな思いをさせたさ」

熊蔵が路地の向こうで小さくなった奈々の背を見つめた。

「それで考え直したんだけれどな、あの誘いは一旦、真っさらに戻してもらってもいいかい？」

「えっ？」

「お奈々のこともあるけれどな。何より俺が急ぎ過ぎたさ。お糸さんのことをろくに考えもしねえで、俺の気持ちだけで突っ走っちまった。みっともねえところ見せちまったなって、反省しているよ」

熊蔵が頭を掻いた。

「俺のせいかい？　面白いほどわかりやすい男だね」

豆餅の頰に唇を寄せていた藤吉が、にやりと笑った。

「おうっ、そうさ。お前がただのだらだら腑抜《ふぬ》けの猫野郎だってわかって、ちょっくら事を急ぎ過ぎたって気付いたんだろうな」

熊蔵が口元を尖らせた。

「俺って男は、見当違いなところで焼き餅を焼かれるのは慣れているさ。むしろ楽しくてたまらねえな。おうっと豆餅、焼き餅ってのはお前のことじゃないよ。お前を焼いて喰おうなんて、そんなことするはずはないだろう。おう、よしよし。そろそろおまんまをやる頃かねえ」

藤吉は豆餅に頬を寄せて部屋へと消えた。

「そういうことで、お糸さん。いろいろと済まなかったね」

「ちょ、ちょっと待ってくださいな」

さっさと踵《きびす》を返そうとした熊蔵を思わず呼び止めた。

「ええっと、私、熊蔵さんと一緒にお参りに行くの、きっと楽しいだろうなって思ったんです。嫌な思いなんてちっともなくって……」

たどたどしい口調の糸に、熊蔵はわかっているさ、というように笑いかけた。

「それ以上は言ってくれるな。そっから先を聞きたくねえから、もっといい男になって誘い直してえって話だよ」

「熊蔵さん……」

「じゃあな、お奈々にはしばらく顔を出さねえから安心しろ、って伝えておくれ」

路地を去っていく熊蔵の背は、いかにも逞《たくま》しくて姿勢が良く力が漲っている。足取りだってまるで跳ねるように軽い。

糸に見られているのをじゅうぶんわかっている背中だ、と思った。

4

奈々のいない夕飯は寂しい。

「奈々はもう子供じゃありませんからね。おとっつぁんの帰りを待つくらい、ひとりで大丈夫です。夕餉の支度も自分でできますので、どうぞお気遣いなさらず」

そんなつれないことを言って、奈々は己の部屋から出てきてくれない。

せっかく豆腐や油揚げや菜を入れて、具だくさんの味噌汁を作ったのに。なかなか上手くできたと思うと、かえって奈々の顔が浮かんで、一緒に食べたかったな、としょんぼりしてしまう。

「すべてがお奈々の勘違いなのよ。きちんと話せば必ずわかってもらえるわ」

なんて、どこかで聞いたようなことを言いたくなる。

だが奈々が糸に腹を立てている理由は、何が起きたか、起きているか、ではない。

奈々は糸の心の迷いに腹を立てたのだ。

ひとりの食事が終わるのは早い。

重い身体をよいしょと持ち上げるようにして、使った皿を片付けた。

土間の隅の水瓶《みずがめ》の裏、何か黒いものが動いていた。

はっと身構える。由の顔を思い出す。真夜中にはまだ早いが、由に縁切り状を渡された正太郎という男の生霊がやってきたのだろうか。

みい。

か細い鳴き声に、あら、とほっと胸を撫で下ろした。

黒に茶色が混ざったような柄の小さな小さな仔猫。藤吉のところの豆餅だ。

「豆餅、どうしてあんたがここにいるの？　藤吉兄さんが心配しているわよ」

夕暮れに部屋の埃を払ったときだろうか。あのときに障子の隙間から滑り込んだに違いなかった。

慣れない部屋に怯えてしまって、水瓶の裏で息を潜めていたのだろう。

「おいで、おとっつぁんのところに帰りましょうね」

気弱な顔で後ずさりをする豆餅をどうにかこうにか捕まえて、糸は表へ出た。

「お糸、こんな遅くにどうしたんだい？　ああっ！　豆餅じゃないか！」

七輪を手に表に出てきた藤吉が、驚いた顔をした。

「ああ、豆餅、豆餅。見つかってよかった！　お糸、ありがとうね、恩に着るよ。おイネ婆さんの忠言に従って、今からまたたびを火で炙《あぶ》っておびき出そうと思っていたところなんだ。けどこの秘技は豆餅だけじゃなくて、近所中の猫が一目散に集まってくるって聞いてね。少々躊躇っていたんだが……」

藤吉は豆餅を受け取ると、涙ぐんだ目で胸のところに大事そうに抱いた。

「お礼に一杯どうだい？　ちょうどこれから晩酌だ。独り身の夕飯ってのは味気ねえもんだからな。遠慮するなよ」

藤吉に誘われて、糸は「じゃあ、少しだけいただこうかしら」と部屋に入った。

藤吉の部屋の真ん中には古着が敷かれた木箱があった。豆餅の寝床だ。それ以外はほとんど何もなく、どこか気の細さを思わせるほどきちんと片付いている。

「お糸は、酒は強いのか？」

「わからないわ。私、お酒を飲んだことがないのよ。お寺暮らしで酔っ払っているわけにいかないでしょう？」

糸が笑うと、藤吉は「確かに、そりゃそうだった」と言って湯呑みに酒をちょびっとだけ注いだ。

「ありがとう、いただきます」

一口飲むと、ぽっと喉のあたりが熱くなった。

「なあ、熊蔵のこと、このままでいいのか？　もったいねえぞ。お糸が年頃までに所帯を持ちたいってんだったら、ああいう害のない真面目な男がぴったりだ。ぐずぐずしていて年増になると、その頃に集まってくるのは一癖も二癖もある男ばかりだぞ」

豆餅がつまみ代わりの鰹節《かつおぶし》に手を伸ばす。藤吉は、いけないいけない、と父の顔で窘める。

「まあ、嫌な言い方。そんな失礼なことを言ったら、お奈々先生にこっぴどく叱られますよ。私は、誰だかわからない人ととにかく所帯を持ちたいなんて夢は、持ったことがありません」

普段よりも口が滑らかに動く。

「かといって、何が何でもこの人と添い遂げたい、って相手に出会ったこともないんだろう？」

「それって、何かいけないことかしら？」

今度は少々突っかかる。

すると、戸口から大きな声が響いた。

「なんだい、見つかったってんなら、すぐに知らせに来るのが礼儀だろう。こっちは豆餅が寒い思いをしていないか、って眠れずに気を揉んでるんだよ。まったく気の利かない男だねえ」

イネが戸を勢いよく開けて、不機嫌な顔を覗かせた。

糸と藤吉が盃《さかずき》を交わしている姿に、「私もいただこうかね。なみなみ注いでおくれよ」と框に腰掛ける。

「おイネさん、豆餅を心配してくれてありがとうよ。さあさあ、飲んでおくれ」

藤吉が茶碗に注いだ酒をイネは一気に飲み干した。かあっ、と息を吐く。

「そういや、お糸のところに来た、お由とかいう娘はあれからどうなった？　所帯持ちの男と良い仲になったって言っていた、喋り方だけ真面目そうな尻軽女だよ」

「もう、おイネさん、そんな言い方はしないでくださいな」

「せっかく今日はお奈々がいないだろう？　言いたいように言わせておくれよ」

イネが腕まくりをした。

「私は所帯持ちと深い仲になるような女なんてもんは大嫌いだよ。あいつらはね、悲しい恋だ何だって己を憐《あわ》れみながら、世の中のまっとうな女たちを嘲笑っていやがるのさ。恋なんてもんは、己のことだけ考えてりゃいい子供がするもんさ。一人前の大人になって子供や年寄りの世話に明け暮れていたら、甘ったれた睦言なんて言う暇はなくなっちまうのは当たり前のことだろう？　お由ってのは、そんな人の心に付け入って、男を惑わす花魁《おいらん》か遊女にでもなった心持ちでいる馬鹿女なんだよ」

「おイネさん、言っていることはごもっともだが、ちょっと声を落としてくんな。ご近所に叱られちまうよ」

藤吉がぐびりと酒を飲んだ。

「お由さん、そんなに悪い人には見えませんでしたよ。所帯持ちの男の人をたぶらかすような悪女とは程遠い、控えめで大人しそうな人です」

「女ってのは、見た目じゃわからないさ。ねえ藤吉、あんたはさんざん思い知っているだろう？」

イネが藤吉に横目を向ける。

「そうだねえ、見た目ってのは、ほとんどすべて己自身が決めることができるもんだからねえ。着物や身のこなしはもちろんのこと、目鼻の形だって場合によっちゃ化粧でどうとでもなる。きっとそのお由って娘は、とても控えめで大人しい女に見られたいんだろうさ。その理由は知りたくもねえがな。おお怖い、怖い」

藤吉が震える仕草をした。

「……きっと寂しいんだろうさ。だから妙な縁を引っ掛けるのさ」

イネが少々ろれつの回らなくなった口調で言った。

「寂しい、ですか？」

イネの放った、寂しい、という言葉は、思ったより糸の胸に深く刺さった。

「寂しいときに結ぶ縁ってのは、必ずろくなものにならないって決まりさ。泥水の中じゃ、腐った魚の目玉の芯だって真珠玉に見えちまうもんだからね。お互いをうまく先へ運ぶ縁ってのは、日々の暮らしに満ち足りているときに現れるもんだよ。生きるってのは苦労は多いけれどなかなか悪くないもんだね、ってまっすぐに思っている奴のところにしか、良い縁なんて寄ってくるはずがないさ」

「似たもの同士、って話だね。良い相手に出会いたけりゃ、まず先に手前がそうなればいいってことだ。じゃあ、俺のところには近々、顔が良くて猫が大好きで世話焼きな優しい優しい嫁さんがやってくるに違いねえな？　なあ、豆餅ちゃん、そうだろう？」

豆餅はまだ幼すぎて人の言葉がわからないのか、何も聞こえていないような顔できょとんとしている。

「お糸は、まだまだ修行が足りないね」

「ええっ、いつの間に私のお話ですか？」

糸は目を剝いた。

「さあ、お糸、もっと飲め飲め。たまにはこうやって、日々の憂さを晴らすのもいいもんだろう？　おイネさんも、さあどうぞ」

藤吉が真っ赤な顔をして割り込んだ。

頭のてっぺんに載せられた豆餅が、少々迷惑そうに、みい、と鳴いた。

5

酒というのは、頰が熱くなり息が上がるだけのものかと思ってするする飲んでしまったら、外に出てちょっと驚くほど酔っ払っているのに気付いた。

みっともないところを見せないように、涼しい顔で早足に進もうとすると、かえって足が縺れる。

「慣れていないくせに、調子に乗って飲み過ぎるからだよ。ほら、私の背にちゃんとつかまっておきなよ」

年寄りのイネにそんなふうに言われて、情けないと思いながらも妙に愉快だ。糸はにんまりと緩みそうになる頬を抑えながら、一歩一歩、慎重に足を進めた。

「おイネさん、ありがとうございます。ここで平気です」

「さっさと寝るんだよ。起きて頭が痛かったら、水をたくさん飲んでおきな」

イネと別れて部屋に戻ると、ここしばらく胸の中をちくちく刺し続けていた針山が柔らかい真綿に包まれているような気がした。

何がうまく行ったというわけではないが、無駄にあれこれ考えることを止めることができた。少し気が楽になった。

酒とはなかなか危ないものだ。あまり近づきすぎてはいけないなと、頭がうまく回らないがゆえにご機嫌な調子で思う。

搔巻を出して、大あくびで横になった。

己の心ノ臓の音がどくどく聞こえる。薄っすら開いた唇からは酒の匂いが漂う。

「ああ、酔っぱらったわ。おやすみなさい」

誰にともなく呟いて目を閉じた。

酒に酔った夢の中は、温かい波の中を揺蕩《たゆた》うようだ。

うとうとしかけたところで、いきなり足元がすとんと抜け落ちる夢を観た。

「きゃっ」

悲鳴を上げて、身体をびくんと震わせた。

息が止まる。目を見開く。

「もう、やだ……。せっかくいい気持ちで寝かけていたのに」

すっかり目が覚めてしまった、と目を擦ったそのとき。

枕元に一枚の板が落ちていた。ちょうど糸の掌くらいの大きさだ。

「これ、蒲鉾板《かまぼこいた》だわ」

魚の摺り身を板の上に載せて蒸して作る蒲鉾は、家では作れないような手間がかかるわりに、安くて美味くて庶民の食卓の人気者だ。

そういえば先ほど、藤吉の部屋で出されたつまみにも蒲鉾があった。

豆餅が咥えて持ってきたのかしら、なんて呑気なことを思いながら、何の気なしに板を裏返す。

何か書いてある。

怪訝な気持ちで目を凝らす。

〈りき　正助〉

並んで書かれた文字にいったい何のことだ、としばらく見つめてから、ふいに気付いてぞわっと身の毛が弥立った。

　この蒲鉾板は、急ごしらえの位牌《いはい》だ。

　大きく書かれた、りき、というのが母の名。横にほんの少し小さく、母の名に寄り添うように書かれた、正助《しょうすけ》、というのが息子の名だろう。

「正助……ってお名前、まさか正太郎さんの息子さんですか？」

　頭から冷や水を浴びせかけられたように酔いが醒めた。

　暗闇に向かって、恐る恐る問いかける。

「いったいこれは、どういうことでしょう？」

　縁切り状を送りつけられた正太郎が、気でもおかしくなったのか。そして邪魔者の女房と子供を――。

　正太郎という男をまったく知らないからこそ、嫌な予感は突拍子もないところまで広がる。そんな馬鹿なことは思うだけでもいけない、とわかっていた。だが頭の中で広がる恐ろしい光景に、身体ががたがた震えそうになる。

　こんなに恐ろしく感じるのは酒のせいか。誰かにそうだと言って欲しい。

「これがお由さんと正太郎さん、二人の秘密なんですか？　この蒲鉾板のことを、お由さんに訊けばわかるんですか？」

　訊きながら、どう考えても恐ろしい結末しか見えてこない。

「無理です、そんなこと私には無理です。何も知りたくありません……」

糸は弱々しい声で言った。涙が出そうに心細かった。

ふいに、右隣の部屋から奈々の「えへん、えへん」という咳払いの音が聞こえた。

はっと我に返る。

薄い壁越しだ。

奈々の咳払いの音と同じくらい、糸の声が響いているに違いなかった。

蒲鉾板はいつの間にか、跡形もなく消え失せていた。

6

根津権現から歩いて四半刻ほど。畑の手入れをしていた百姓に声を掛けると、由と母が身を寄せている先はすぐに見つかった。

「ああ、やれやれ。今日の畑仕事はくたびれたねえ。おっかさん、腰の調子は平気かい？」

畑道具の入った大きな籠を背に、ほっ被りをした女の声に聞き覚えがあった。

「お由さん、ですね？　すみません、ちょっとお話があって……」

糸の姿に気付いた由は、ぎくりと音が聞こえるような引き攣った顔をした。

「えっと、どちらさまでしょうかね？」

由が強張った口調で口元を結んだ。

「お由、どうした？　お客さんかい？」

いかにも人の好さそうな母親の姿に、糸は、あっ、と額をぴしゃりと叩きたい気分になった。

縁切り屋を訪れた由のあまりにも明け透けな様子に勘違いをしてしまっていたが、親しい人であればあるほど、由の道ならぬ恋を知っているはずはない。

「人違いだよ、おっかさん。私、こんな人知らないさ。さあさあ、行こう行こう」

由は顔を伏せたまま、母親の背を押す。

「いや、お由、人違いなんかじゃないさ。さっきこの人、あんたの名を呼んでいたよ。ねえ、お姉さん、そうだよね？」

不思議そうな顔の母親に、由は「え、えっと……」と困り切った顔をしている。

「妙な子だねえ。どうかしたのかい？　お由、あんた近頃、なんだか変だよ」

母親が由に向き合った。

その時、勢いよくこちらへ走り寄ってくる足音が響いた。

「おっかさん、この人だよ！　この人が、おらのこと助けてくれたんだよ！」

「まあ、お奈々！」

糸の身体にぶつかるように飛びついてきたのは奈々だ。母に甘える子供のように糸の腕にしがみつきながら、隙を見てはばちばちと目配せをする。

「えっと、そ、そうです。この子がお由さんにお世話になったって言うので、お礼に伺ったんですよ。その節はどうもありがとうございます……」

これで誤魔化せるかと首を捻る心地ながら、どうにかこうにか急ごしらえの母の顔をしてみせた。

「ちょっと、恥ずかしいからやめてくださいな。こんなところで。人として当たり前のことをしたまでですから、お礼には及びませんよ……」

どうにかこうにか調子を合わせて応じる由も、目を白黒させている。

「おっかさん、私、ちょっとだけこの人たちと話すから、先に帰っていてくれるかい？」

由はそこだけ懇願するように言った。

由の母親は特に疑う様子もなく素直に従った。

「どうして急にここへ？　困ります」

木陰に隠れて周囲に誰もいないのを確認してから、向き合った。

「お由さんの言うとおりです。お糸ちゃんは縁切り屋さんなのですから、もっと注意して動かなくてはいけませんよ。縁切り屋さんに来る中には、誰にも知られたくない事情を抱えている人はたくさんいますからね。お客さんに用があるときは、必ずもっともらしい別の理由を作ってから伺うのが鉄則です」

奈々が膨れっ面で言う。

機嫌を直してくれたのか、とまじまじと奈々を眺める糸に、決まり悪そうにぷいっと顔を背ける。

「お由さん、はじめまして。わかっていらっしゃるとは思いますが、私はお糸ちゃんの娘なんかじゃありませんよ。さっきのは、必要に迫られてとことん出鱈目《でたらめ》な話を作っただけでございます。私は縁切り屋の助手を務めております、お隣の奈々です。お話はすべて伺っております」

奈々は壁に耳を当てる真似をしてから、しゃんと背を伸ばして取り繕った。

「お糸ちゃんは少々人の心の機微に鈍感なところがありますからね、代わりに奈々がお手伝いをしているのです」

「は、はあ」

由は困惑した顔をしながらも、奈々の早口に押し切られるように頷いた。

「それでお二人は、私に何の用でしょうか？」

昼の陽の中で見る由の顔は、縁切り屋を訪れたときの甘い秘密を味わうような姿とは違う。己の秘密を暴かれたらどうしよう、と心底怯えた気弱な顔だ。

「お由さん、おりきさんと正助くんのことについて、聞かせてください」

「へっ？　誰ですって？　おりき、正助、そんな名前聞いたこともありませんよ」

由がきょとんとした顔をした。

「ほんとうですか？」

訊き返した糸の怪訝な顔つきで、ようやくはっと察した様子だ。

「……ひどい、その名だけは知りたくなかったのに。これから先、同じ名の人に出会ったらどんな顔をしたらいいんですか」

唇を尖らせて、今にも泣き出しそうな顔をする。二人の名を知らなかったのはほんとうのようだ。

根津権現の境内で家族思いの優しい人、として知り合ったのに、女房の名はまだしも子供の名を一度も聞かずにいたのは妙な話だ。正太郎という男は、はなから由をたぶらかすと決めていたとしか思えない。

「きっと正太郎さんの、おかみさんと息子さんの名ということですよね。お二人のことで、お由さんは何か知っていることはありませんか？」

二人の名の書かれた蒲鉾板について、どこまで話してよいのだろう。

「もしかして、正太郎さんの家族に私のことが知れちまった、って話ですか？　お糸さんのところに、そのおりき、って女が行ったんですね？」

由の目が怯えたように見開かれた。

「い、いえ。違います。そうではないんですが、えっと、えっと」

「お由さんから縁切り状を渡された正太郎さんが、無事に身も心も奥さんと子供のところに戻った、って。それをお伝えしに来ただけですよ。お糸ちゃんは正太郎さんの心に大事に残ったものが見えるんです」

奈々が糸を押し退《の》けるように言った。

「おかみさんと子供のところに戻った、ですか……」

「ええ。すべてお由さんのお望みどおりのはずですが。浮かない顔をなさっているのはなぜでしょうか？」

「い、いえ。浮かない顔、なんてそんなことはありませんよ。良かったな、って思います。私たちは、あの二人がいる限り決して結ばれることのない縁でしたから。お互いのためには、これがいちばん良かったんです」

由が下がりそうになる口角を無理に引き上げるように、強張った笑みを浮かべた。

「そのとおりですね。別れ際の正太郎さんの心に残ったのは、おりきさんと正助さん、お二人です。お由さんへの未練はこれっぽっちもございませんでした」

「わかりました。それでいいんです。私たちはこの世で結ばれない仲でしたから！」

由がさすがにむっとした顔をした。

「これに懲りたら、もう所帯持ちの男の人に近づいてはいけませんよ。お糸ちゃんはそうお伝えしに来たのです。それではそろそろお暇《いとま》いたしますね」

「ねえ、お奈々、そんなに強い言い方は違うわ……」

糸はさすがにぎょっとして奈々を窘めた。

由は不機嫌な顔のまま、

「どうもご迷惑をお掛けしましたね。けど、お説教はこれきりにお願いいたしますよ」

と、低い押し殺したような声で言った。

7

「こんなときは、まずは正太郎さんに会いに行くべきです。もしかしたらお糸ちゃんは、正太郎さんの生霊に利用されているだけかもしれないではないですか。きちんと正太郎さんの人となりを確かめてからでなくてはいけません。お糸ちゃんは、危なっかしくてたまりませんねえ。これからは無茶なことをする前に、必ず奈々に相談してくださいな」

奈々はぷりぷり怒りながら、やはり、ふんっと顔を背ける。

「お奈々の言うとおりね。ごめんなさい」

素直に言うと、奈々が横目をちらりとこちらに走らせたのがわかった。

「それとね、お奈々。この間のこともごめんなさい。熊蔵さんとお出かけするのはなしにしたわ」

「今、そんな話はしておりませんが。それに、奈々のせいでご縁が途切れたなんてお話を聞かされても、こちらは重荷でしかありません」

　奈々の眉がきりりっと尖った。

「お奈々、違うのよ。私、わかったの。お奈々は、私が所帯を持って引っ越してしまうのが寂しいんじゃないのよね」

　奈々が大きな目でこちらをぎろりと睨んだ。

「私が迷っているのが嫌なのよね。私が、これだ、って決めた道を進んでいるなら、お奈々は必ず喜んでくれる子よ。きっと私の心がどっちつかずで煮え切らないから、お奈々は私に失望したのよね」

「……おイネ婆さまに言われましたか？」

　糸は首を横に振った。

「おイネさんには、もっと良いことを言われたわ。寂しいときに誰かと縁を結んじゃいけない、ってね。おイネさんの言うとおりよ。人は、寂しいときは己の心にとことん向き合わなくちゃいけないんだわ。いろんなことを努力してその寂しさが消えたときに初めて、誰かと新しい道を進むことが許されるのね」

「お糸ちゃんはとても寂しがり屋さんですからね。どうやら己ではちっともわかっていないようですが」

奈々が小さく笑った。

「お奈々、大事なことを教えてくれてありがとう。私は当分お奈々のお隣さんとして、ひとりでいろんなことに奮闘してみるわ」

「……わかればいいのですよ。さあ、根津権現に着きましたよ。正太郎さんはここに毎日のようにお参りに来ていたと言っていましたね。近くで暮らしているのでしょう。お寺の人に訊いてみましょうか」

奈々が、よしっと気を取り直すように言った。

早速、境内で掃き掃除をしていた寺男に「すみませーん」と駆け寄る。

「正太郎さんという人を知りませんか？　一時期毎日お参りに来ていた人だそうです。それ以外は残念ながら、私たちもどんな人だかさっぱりわからないのですが……」

「正太郎ねえ。ふらっとお参りに来る通りすがりの人の名を、いちいち書き留めているわけじゃないからねえ」

寺男はぴんと来ない顔をして首を捻った。

「ということはつまり、元からこの地で暮らすお知り合いの氏子《うじこ》さんではないということですね？　ですが正太郎さんという人は、二年ほど前には、毎日お参りに来ていたと聞きますが？」

奈々が賢そうな目をして割って入った。

「二年ほど前か。なら、ちょうど裏にお救い小屋が出来た頃だね。そこの人かもしれないね」

寺男が指差したあばら家に向かうと、入口では、冬だというのにほとんど裸のような格好をした男たちが五目並べに興じていた。

焼け残った木材を寄せ集めたにしては、なかなかしっかりした作りのお救い小屋だったが、そこかしこに塵が落ちていて便所の臭いもきつい。全体的にだらしない空気が漂っている。

火事から時が過ぎて、炊き出しをしてくれた近所の人たちはもう来なくなったのだろう。今では行き場を失った若い男たちばかりが集まっているお救い小屋の名残に違いない。

「もしもし、お兄さんたち。正太郎さんという人を知っていますか？　火事のすぐ後には、ここにいたはずなんです」

奈々が少々気を張った面持ちで訊いた。

「正太郎だって？」

男たちが顔を見合わせた。

と、ああ、と皆同じ顔をしていかにも悲し気なため息をつく。

「正太郎か。かわいそうにねえ」

「ああ、まったくだ。気の毒だよ」

「どういうことですか？　正太郎さんという人はいったい……」

奈々が焦った様子できょろきょろと男たちを見回す。

「本人の口から聞いてみな。おうい、正太郎！　お客だぞ！」

男のひとりがお救い小屋の奥に向かって声を張り上げた。

「えっ、正太郎さんはここで暮らしているんですか？　所帯持ちの人が暮らす場所には到底思えませんが……」

奈々が怪訝そうな顔をしたそのとき、

「なんだ、俺に用のある奴なんているのかい？」

あばら家からひとりの男がひょっこり現れた。不精髭にだらしない着流し。いかにも怠惰に暮らす独り者といった様子だ。

「正太郎さんですね。代書屋のお糸と申します。蒲鉾板について、お話を聞かせていただきたいんです」

間髪容れずに糸が訊くと、正太郎の顔色がさっと変わった。

「由の……文のことだな」

正太郎は周囲を気にしながら呟いた。

「ええ、そうです。ほんとうは何があったのか、どうか教えてください」

糸は正太郎をまっすぐ見た。

正太郎はしばらくあちこちに目を巡らせてから、観念したように頷いた。

8

「あら、お糸さん、今度は何のご用ですか？　お説教は、もうこれっきりにしてください、ってお伝えしたはずですが」

畑へ向かう畦道《あぜみち》で糸と奈々の姿を認めた由は、明らかに警戒した顔で身を竦めた。

「こちらへ顔を出すのはもうやめてください。母は、どうやら何かを察しているようなんです。近所や遠縁に、年頃の独り身の男はいないか、って聞いて回っているようなんですよ。そのくせ私自身にはそんなことをおくびにも出さないところが、妙でなりません」

由が誰にも聞かれていないかと確かめるように、来た道を振り返った。

「正太郎さんとのことはさっぱりなかったことにして、どなたかと所帯を持たれるんですね」

奈々の冷えた言葉に、由は決まり悪そうな目をした。

「当分はそんな気は起きやしませんけれどね」

由が胸に掌を当てる。

「けれど、いずれは嫁がれるんですよね？　一生独り身で正太郎さんを思って生きる、というほどまで思い詰めていらっしゃるわけではなさそうですね。やはり道を外れたところへ一歩進み出すだけあって、たいへん図太いお方ですね」

由が奈々の言葉の強さに驚いたような顔をしてから、むっと眉を顰めた。

「ねえ、賢そうなお嬢さん、この世の物事っていうのは、そんなにすべてすぱっと理屈で割り切れるものじゃないんですよ。私だって最初から、所帯持ちの男と深い仲になりたいなんて思ったわけじゃないんです。求めていなかったはずの縁がいつの間にか繋がってしまって、己だけの力ではどうにもならなくて、相手のことも自分のことも大嫌いなままだらだらと続いてしまう縁。そんなものもあるんです」

「では正太郎さんに縁切り状を書かれて、すっきりされましたか？」

奈々が由の顔をじっと窺う。

「ええ、もちろんですとも。良いことをしたと心から思います。正太郎さんのおかみさんと子供さんに対する申し訳なさも、さっぱり消えました」

由が意地になったように、両手を広げてみせた。

「お由さん、あなたの真心はほんとうにそれで良いと思っていますか？」

「真心、ですって？　お糸さん、このお嬢ちゃんはいったい何を言っているんですか？何のことやらさっぱりわかりません」

由の頬が高ぶるように赤くなった。

奈々が糸を振り返った。うんっと頷く。

糸は一歩前へ出た。由の目をしっかり見つめる。

「お由さん、会っていただきたい人がいます。ほんとうは決して私たちがこうしてはいけないとわかっているのですが。私たちは、お由さんが心ある方だと信じます」

糸の脳裏に、畑仕事の母を助ける由の姿が浮かんだ。

糸の部屋で己の恋心を打ち明けたときの妖艶な由とはまったく別人のような、情深く優しい娘の顔だ。あの姿こそが由という女の真心だと信じる。

「どうぞ、出ていらしてくださいな」

木陰に隠れていた正太郎が現れると、由が両手で口元を覆った。

「正太郎さん……」

両目が真っ赤になって、涙が後から後から溢れ出す。

「嘘、私たちはもう会わないって言ったでしょう？　いけないわ」

言葉とは裏腹に、正太郎をじっと見つめてよろけるように前に進む。

この場に糸と奈々さえいなければ、躊躇うことなくひしと抱きついていたに違いなかった。

「お由、悲しい思いをさせて悪かったな。今までひとりでずいぶん耐えてくれたな」

愛《いと》おし気に呟く正太郎は、先ほどお救い小屋から出てきたときとは別人のように身なりも整い、相手を包み込むような気力溢れる顔つきだ。

「……まるでお芝居のようなお二人でございますね。先ほどとはまるで違うお顔です」

奈々が冷たい目をして、糸にこそっと耳打ちした。

「お由、お前の手を握らせてくれないか？　それ以上は決して近づきやしねえ、って約束するさ。けど、もし良かったらお前の指先だけ……」

正太郎の言葉に、由が大きく何度も頷いた。

由と正太郎は力強く手を握り合うと、お互い喰い入るように見つめ合ってはらはらと涙を流した。

「なんだか阿呆《あほ》らしい光景ですねえ。いい大人があんなにめそめそ泣いて、何をやっているのでしょう」

奈々がうんざりした口調で囁いてから、

「ええっと、正太郎さんは、お由さんに大事なお話があるんでしたよね？」

と、声を張り上げた。

「そ、そうだった。今日は、こちらのお二人に頼んでここへ連れてきてもらったんだ。俺と、そしてお由にとって大事な話だ」

正太郎がはっと我に返った顔をした。

「私たちにとって、大事なお話……？」

　由のほうはまだどこか夢の中のような顔をしている。

「そうさ、こちらのお糸さんのところに、蒲鉾板が現れたっていうのさ。俺の女房と子供の名前が書かれた蒲鉾板だ」

「蒲鉾板に名を書く、ですって？　いやだ、縁起でもない。どうしてそんな位牌の真似事みたいなことをする必要があるんです？」

　女房と子供、と聞かされて、急に由の顔が冷めてきた。

「お由の言うとおり縁起でもねえ話さ。俺の女房と子供、おりきと正助は、もうこの世にいないんだ」

「えっ？　どういうことですか？」

　由が目を見開いた。冷や水を浴びせかけられたように顔が真っ白になる。

「お由さんは端から、道ならぬ恋なぞしていないのです。これで罪の意識はちっともなく暮らすことができますね。良かったですね」

　奈々が口元を尖らせながら言った。

「おりきと正助は、俺の目の前で火に巻かれて死んだのさ」

　正太郎ががっくりと肩を落とした。

「それじゃあ、私と出会ったとき、正太郎さんの家族は、もう……？　そんな、絵を見せてくれたじゃないですか。子供が俺のことを描いた絵だよ、って」

「お由に見せた絵は、他の子の家で描いて焼け残った正助の形見だ。正助のもので残っているのは、これ一枚きりさ」

正太郎が懐から折り畳んだ紙を取り出した。

幾度も幾度も見直したのだろう。折り目のところが切れてばらばらに千切れそうだ。

正太郎が紙を開くと、幸せそうな笑顔の父親を描いた拙い絵が現れた。

「どうしてそんな嘘をついたんですか？　正太郎さんは、おかみさんと息子さんのことが何よりも好きだって。俺の生きる支えだ、なんて……」

「あの頃の俺は、身に降りかかった出来事が受け入れられずにおかしくなっていたんだ。俺のことをまったく知らない誰かの前で、女房も子供も生きているみたいな顔をして、ほんの束の間《つかま》、幸せな父親の顔をしていたかったのさ。お由に初めて会ったときは、ただこの場ですれ違うだけのその場限りの相手だとばかり思っていたからな」

「それが、私たち、あれから幾度も顔を合わせるようになって……」

「次第にお前に会うことが俺の日々の支えになって、結局はいけない、いけないと思いながらも縁が結ばれちまった、って話さ」

「どうしてほんとうのことを話してくれなかったんですか？　私、正太郎さんのおかみさんとお子さんにどれだけ申し訳なく思って、どれだけ苦しんだか」

由が胸元を掻きむしるようにした。

「お由には済まないと思っていたさ。けど、お由は所帯を持っている俺だからこそ、好いてくれているんだろうな、とも思っていた」

「えっ？　まさか、そんなはずはありません。どうしてそんな酷いことを？　私はそんなふしだらな女だと言いたいんですか？」

由が眉を顰めた。

「違うよ、お由は夢を見たがっていたからさ。あの火事の後の俺と同じように、お江戸じゅうの皆と同じようにね」

糸と奈々は思わず顔を見合わせた。

「ただでさえ男と女が惚れ合うってのは、それだけで舞い上がるようなことさ。さらに惚れた相手とは決して所帯を持てやしないなんて、まるで芝居の筋書きだ。夢の中で暮らすようなものさ。お由はこの憂き世から離れて、束の間の夢を見たかったんだろう？」

正太郎がわざと拗ねたように言って、目頭を乱暴に拭った。

由は押し黙っている。

「ええっと、ちょっと失礼します。今のお話を聞くと、お二人が別れる必要など特にないように思えますが。お互い独り身で、相手の顔を見ただけでおいおい泣くほど想い合っているのですよね？　縁切り状は反故《ほご》にして、これからも末永く共に生きてはいかがでしょうか？」

奈々が、正太郎と由の顔を交互に見た。

「正太郎さんは、大事なところで嘘をついてはしまいましたが、お由さんへの想いはほんとうですよね？」

前のめりに念を押す。

「あ、ああ。もちろんさ。お由は俺が、誰よりも惚れた相手だよ」

頭を掻く。しっかり結び合った二人の手は、いつの間にか離れていた。

「お由さんは……」

「私の想いだって、ほんとうだったわ」

由がきっぱりと言い切って。すぐにいかにも寂しそうに目を伏せた。

「あのね、正太郎さん、あなたの言うとおりよ。私、あのとき夢が見たかったの。この憂き世から離れて、束の間の夢を見たかったの」

大きくため息をつく。

「いつか誰にも邪魔されることなくあなたと二人で過ごしたいと思うと、胸が潰れるように苦しかったわ。どうしてこんな恋を始めてしまったんだろうと、どれほど泣いたかわからない。けれど、私はずっと浮かれていたの。ここは夢の中だ、って。この世のすべてを軽んじていたんだわ。私はただ、夢から醒めてしまうことが怖かったの」

「じゃ、じゃあ、俺たちは……」

正太郎が一歩前に踏み出した。

「ごめんなさい。どうぞいつまでも達者でお過ごしください」

由が静かに応えた。

「そうか、やはりそうだよな……」

正太郎が苦笑いを浮かべた。

「俺たちの縁ってのは、ふわふわ柔らかい夢だからな。お互い地に足付けてまっすぐ歩き出したら、あっという間にぶつっ、て切れちまうな」

正太郎が指を使って、大きな鋏《はさみ》で切る真似をした。

「そうよ、きっとそうだわ」

二人は顔を見合わせて笑い合う。

由の顔から妖艶な秘密の影が消えていた。まるで仲良しの女友達に笑いかけるような、明るく健やかな笑顔だった。

9

風がなく陽ざしの温かい冬の日だ。

「ほら藤吉さん、それに豆餅。真面目にしっかりご覧なさいよ。さあおイネ婆さま、お願いいたします」

路地の隅で、奈々が真剣な面持ちで声をかけた。

「ねえお奈々、何をしようとしているの？」

「猫を育てる者にとって大事なことを教えています。お糸ちゃんはちょっとそちらで静かに見ていてくださいな」

奈々に小声で命じられて、糸は「あら、ごめんなさい」と身を正した。

「おイネ婆さま、さあさあどうぞ」

「はいはい、わかったよ。大丸、おはよう」

皆がしんと静まり返る。

「も、もう一度お願いいたします。もう少しゆっくり大きな声で言っていただけると、大丸にもわかりやすいかもしれませんね」

奈々が焦った様子で言いながら、大丸の背を優しく撫でる。

「なんだい、面倒だねえ。大丸、おはよう！」

イネががなり立てると、それまで素知らぬ顔をしていた大丸がゆっくりと顔を向けた。しばらく困ったように黙ってから、渋々という様子で「にゃっ」と答える。

「わあ！　うまく行きました！　藤吉さんも豆餅も、ちゃんと見ましたか、聞きましたか？　これが深い絆《きずな》で結ばれた猫と飼い主の姿です。お互い言葉はわからなくとも、心と心で通じ合って会話をする姿。なんと美しいのでしょう。二人とも日々鍛錬して、おイネ婆さまと大丸のようなご縁を目指すのですよ」

奈々がその場でぴょんと跳ねると、大丸が面倒くさそうにひらりと踵を返した。

「あ、大丸！　待ってくださいな！」

「大丸に無理強いはやめておくれよ。人も猫も、年寄りってのは、気位が高くて気まぐれ、って決まりなんだよ。あんたみたいな子供の言いなりには動かないさ」

イネがずいぶん得意げに言う。大丸が返事をしたのが嬉しかったに違いない。

「豆餅、見たかい？　面白い人たちだねえ。ああ、そしてお前は、誰よりかわいいねえ。俺はお前が返事なんてしなくてもちっとも構やしないよ。安心しておいで」

藤吉が豆餅の頭を撫でながら、目を細めた。

「おうい、お奈々。良い子にしているか？」

路地の入口で岩助が手を振った。

「ああっ、おとっつぁん。お仕事中にお会いできるなんて、嬉しいですねえ。何かお忘れ物ですか？」

奈々がいそいそと岩助に駆け寄った。

「ちょうど、近場の作事をしていたからな。休憩がてらほんのひと時でも、お前の顔を見ておこうと思ってな」

岩助が愛おし気に奈々の頭を撫でた。

「わあ、素敵ですね。大人というのは、そんなことができるのでしたか！　奈々は、おとっつぁんは一旦朝、出かけてしまえばそれきり夜まで決して戻ることができないものとばかり思っていました」

奈々はきょとんとしながらも、嬉しくてたまらない様子だ。

「……やろうと思えばできたのさ。おとっつぁんだって、いつまでも周りに甘えっぱなしじゃいられねえからな」

岩助が糸に目配せした。

夢の中ではないこの憂き世は、清水の流れのように誰もが少しずつ変わっていく。

寝耳に水、という驚くような場面もあれば、いちばんそうあって欲しくなかった局面に引っ繰り返ってしまうこともある。

このままずっと続けばよいと思える心地好い日々なんて、ほんの僅かな時だけのものかもしれない。

だからこそ、大事な人のためには己の心の舵《かじ》を取らなくてはいけない。その場その場で、できる限りまっすぐに向き合わなくてはいけない。

何かが変わるとき、己を大切に思ってくれる人を振り回すのは間違いない。だから、仕方がない、どうにもならない、気付いたらいつの間にか、なんてふわふわしたことを言っていてはいけないのだ。

「それで今日は、ついでにこいつも連れて来たぞ」

岩助の背後から、熊蔵がもじもじしながら現れた。

「おう、お糸さん。顔見せに来たぞ」

「なんだそりゃ。お糸さんに渡すもんがあるんだろう？」

岩助がぷっと噴き出した。

「いやいや、親方、渡すもん、だなんてそんな大袈裟な話じゃありませんよ」

岩助に促されて、熊蔵は懐からいくつかのみかんを取り出した。どうにかこうにか橙色に色づいてはいたが、まだほとんど緑色で、さらに形はいびつで傷が多い。

「作事の先で、いくらでも持って帰っていいって言われてね。こんなもんで済まねえな。あんまり気張って、お糸さんに気をつかわせちまうのもかえって悪いかな、って思ってね」

熊蔵はみかんをどっさり糸の手に押し付けた。

「お糸ちゃん、人からこういう妙な贈り物を貰ったときは、もっともっと嬉しそうな顔をすると良いですよ。そうすれば相手は、この程度のものでそんなに喜んでくれるならば、もっと良いものをあげたらどれほど喜んでくれるだろう、と、どんどん盛り上がっていくものなのです」

奈々が抜け目ない顔をして、うしし、と笑った。

「こらっ、お奈々。せっかく熊蔵さんが持ってきてくれたのに、妙な贈り物、なんて失礼でしょう。熊蔵さん、どうもすみません」

「お糸、今の返しはますます良くないね。色気もへったくれもありゃしないよ」

イネが、けけっと笑った。

「熊蔵、あんたには残念だけれど、こりゃ無理だよ。とっとと諦めて次に行くんだね」

「うるせえ、おイネさんに聞いちゃいねえや！」

熊蔵が顔を顰めた。

「なあに、ゆっくり行けばいいさ。若いってのはいいもんだねえ。羨ましい限りさ」

岩助が豪快に笑った。

「……おとっつぁんが羨ましいというのは、わかる気がします。おっかさんの代わりになるような人は、これから先も決して現れませんからね」

奈々が少々しんみりした顔をした。

「なあに、安心しろ、お前がいればおとっつぁんはそれでいいんだ」

岩助が奈々を軽々と抱き上げた。

「おとっつぁんは、奈々がいれば寂しくないということですか？　これから先、寂しさを餌にやってくる邪《よこしま》なご縁の入り込む隙は、決して、決してないということですね？」

奈々が父親の顔を覗きこみ、念を押すように訊いた。

「邪な縁だって？　いったい何のことだ？」

岩助はきょとんとしている。

「いえ、いいのです。奈々は、おとっつぁんがそんな人で心底ほっといたしました。奈々のおとっつぁんは、この世でいちばんのおとっつぁんです！」

奈々が胸を張った。

「さっぱりわからんが、お奈々が嬉しそうで何よりだ。よしっ、熊蔵、そろそろ行くぞ」

岩助が奈々を下におろし、両腕を腰に当てた。

「はいっ！　親方！　今すぐ！　お糸さん、じゃあな。そのみかん、酸っぱかったらおイネさんにぜんぶあげちまっていいからな」

「うるさいっ、熊！　いつまでも油を売ってないで、さっさとお行きよ！」

イネがしっしと手で払った。

「おお、豆餅、おイネ婆さんは怖いねえ。よしよし、怯えなくてもいいのだよ。いつでも俺がついているからね」

藤吉が小声で囁く。

「……熊蔵さん、ありがとう。またね」

糸はにっこり微笑んだ。熊蔵と話すとほっと気持ちが解《ほぐ》れる。これが相手を心から思い遣《や》る、ほんとうの恋心に育てばよい。

「お、おうっ！　またな！」

熊蔵は岩助の背を追いかけ、糸を振り返り振り返りしながら、いつまでも手を振っていた。

解　説

花村萬月

――朝の陽《ひ》ざしを浴びた蟬《せみ》たちが、じわじわと腕慣らしのように羽を震わせ始める。

みごとですね！　鳴いているなんてひと言も書いていないのに、蟬の声が聞こえる。あわせて夏の朝の情景が頭に泛《うか》ぶ。これが小説家の凄《すご》さなのです。読者であるあなたを信じているから、こう書けるのです。

料理に喩《たと》えましょうか。抽《ぬき》んでたシェフである泉ゆたかの料理を愉《たの》しむあなたは、ただ食べるだけでよい。この料理の調味料はなにとなにがあれしてこれして――などと分析する必要などありません。でもデザートを戴《いただ》いて、ふぅと満足の息をつくその瞬間の幸福は、シェフの濃《こま》やかな感性と技巧を堪能《たんのう》する時間でもあります。

冒頭にあげた一文は『蟬が鳴いていた』とだけ書けばよいところです。でも、これだと醬油《しょうゆ》をそのまま舐《な》めさせられているようなものです。小説家は、こうしてしっかり調理した最上のものをあなたに饗《きょう》する。

あなたは読者ですから、すっと字面を追うだけでかまわない。私のような職業人は事細かに分析してしまいますが、それをしないほうが料理が愉しめる。当然のことですね。そもそも感性豊かなあなたは、いちいち一文に目をとめなくとも、しっかり小説を味わっている。あなたの脳裏には、見事な夏の情景が泛んでいる。

でも、残念ながら味に対する感受性がぴんきりであるように、こうした小説家の心《こころ》遣《づか》いがわからない幼い舌の持ち主もいる。ならば『蟬が鳴いていた』と、誰も取り違えることができないように書くのが得策であるような気もします。でも、泉ゆたかは書かない。小説をちゃんと味わうことのできる読者を信じているからです。言い換えれば、味のわかるあなたに誠実を尽くしている。ベテラン作家の抜け殻じみたはったりに辟易《へきえき》している私にとって、この作品は手抜きのない最上の、しかも正統な小説作法の奥に意外に複雑な味わいのある料理でした。

解《と》いて説《と》くから解説。当たり前じゃないかと笑われそうですが、読み終わった読者、あるいはこれから読む読者のために、私の指針を示しておきましょう。興を削《そ》ぐつもりはないですから、さらっとエキスだけ。

ただし、あなたは私の勝手な解釈＝解説に囚《とら》われずに、自在に作品を味わう権利があることを保証しておきます。ここから先を読まなくてもかまいません。小説を読む。あくまでも個人的かつ自主的な行為ですから。

第一章　カラス
＊夏。才能について書かれています。
第二章　かんざし
＊秋。マザーコンプレックス。いつの時代にもある微妙な事柄ですね。
第三章　はちまき
＊秋。さりげなく恋情。
第四章　剃刀《かみそり》
＊晩秋。自傷——自己愛——自己憐憫《れんびん》。

私は、この章が一番身につまされましたので、やや長く。自己愛や自己憐憫、さらには嫉妬。とても厭《いや》な感情ですが、人間である以上逃れられません。もし、自傷行為をしている方がこれを読んだならば、そろそろ止《や》めどきですよ。実際に剃刀をあてがわなくても、心窃《こころひそ》かに自分を憐《あわ》れむということは、自分を切り刻むことです。これは逆説的に自分が好きすぎるのが原因です。過去に御両親に大切にされなかったといったことなども含めて、心の欠落は、過剰に自分を愛するというかたちで表出することがあります。誰よりも大切な愛《いと》おしすぎる自分を傷つける。私が小学生のころの同級生に、なにかあると人前でも自分の腕——下膊《かはく》を血が出るまで加減せずに噛《か》む女子がいました。誰も相手にしてくれないから、自分で自分を傷つける。痛みで自分がここに在るということを、かろうじて確認する。それを目の当たりにすると、なぜか泣きそうになりました。その子の心の痛みが幼い私にまで乗り移ったのでしょうね。

第五章　かまぼこ板
＊冬。孤独と虚構の愛。

蛇足ですが最初に一瞥《いちべつ》したとき、板を坂と読んでしまいました。かまぼこ坂。老眼、しんどいです。トホホ（死語）。

＊印で強調してそれぞれの章の季節を記しておきました。頭に入れておいてください。
そもそも縁切りなどという剣呑《けんのん》な事柄を扱った小説です。泉ゆたかの凄いところは、

ここに純情にして無垢《むく》なヒロインをもってきたことです。両親はなく、寺で育って苦労しているという過去はありますが、それでも健気《けなげ》で、縁切りなどという陰鬱な事柄に関わるような子ではありませんよね。

はい。縁切りだからこそ、純情無垢で健気な主人公を泉ゆたかはつくりだしたのです。ここに、酸いも甘いも嚙み分けた妙齢の女性をおいても物語は成り立ちますが、そうすると彼女の過去の体験がオーバーラップしてくる。なにしろ縁切りです。憎しみや呪いや怒りや悲しみ——負の感情の坩堝《るつぼ》、いやドツボになってしまいかねません。

素直にすっとあげた糸の透明な貌《かお》。そこに赤いか黒いかわかりませんが、縁の糸を切りたくて精神的に追い詰められた者が訪れる。この対比があなたの胸を打つ。切迫し、こぼれ落ちてしまう感情はしっかり悟ることができるけれど、なぜこの方が縁を切りたいのか——ということの本質が、糸は、じつはなかなか理解できない。それを理解するための仕掛けがあるのですが、一読すればわかること。いちいち書き記すことはやめておきます。

この糸に対して据えられたのが奈々という少女です。敬語で喋《しゃべ》ります。大人びていて、早とちりや失敗もしますが、きっちり糸を補完しますから侮れません。すばらしいキャラクターですね。このコンビをつくりあげたときに、この小説は成功を約束されたのです。私にも小六と小四の娘がいます。敬語を遣うどころか、私の関東弁の悪い部分が乗り移ってしまって、死語ですがまるでスケ番です。それでも奈々に重ねてしまい、読んでいると頰笑みが止まりません。奈々には普遍性があるのです。だから感情移入できる。糸の透明感と奈々の愛おしさ。それに対するまわりの男たち、そして猫好き婆《ばあ》さんなど多少の濁りと渋みと癖をもった陰翳《いんえい》のくっきりした人々が棲《す》む長屋。そこへ縁切り依頼にやってくる人々。この対比こそが負の感情をもつ人々を、鮮やかに浮きあがらせるのです。強引に区分けすれば、江戸人情物――ですか。ただし、根底にあるのはベタついたものではありません。じつにクールです。恰好《かっこう》いいですね。この本を手に取ったあなたも、じつに恰好いい。クールです。

泉ゆたかは、私が選考委員をしていた〈小説現代長篇新人賞〉を受賞してデビューしました。はっきり書いておきましょう。受賞作は悪くはなかったけれど、盛り込みすぎでした。それで多少の否定的意見が他選考委員から出たのも事実です。けれど、これは、あまり小説を書いたことのない人によくあることです。大した傷ではない。が、私も精一杯盛り込んだ意慾《いよく》を買ってあげるほどやさしくはない。でも、突っ張りました。この人以外に受賞者はいない――と。理由は、

艶《つや》。

この一文字に尽きます。文章に、艶があったのです。艶と書くとなにやら色っぽいことを想像されてしまいかねませんが、そんな安っぽいものではありません。もちろん肉

体的な艶を否定するほど私も間抜けではありませんが、もっと高次元の艶。これがデビュー作から散見できたのです。

私の本音を書きますね。諸作品を読んだところわかってきたのですが作家以前に、泉ゆたかという女性は、じつは、かなり悪い。人の心理の裏側まで静かに見透して、しかも平然と頰笑んでいられる強《したた》かさがある。その一方で、涙もろい。弱い。加えて野心だってある（多分）。顰蹙《ひんしゆく》を承知で書いてしまえば、精神だけでなく肉体も相当に艶っぽいのではないか。といって単純な悪女ではない。正しくは、泉ゆたかは内面の悪を自覚している。だからこそ抑制のきいた筆致で深みのある人物を描くことができる。泉ゆたかの艶に賭けて強引に受賞させた私の見る目は、なかなかのものです。他でも、いまや飛ぶ鳥を落とす勢いの作家を強引に選びだしたこともありました。私は文章に隠された艶や本質的な生命力を読みとる天才なのです。

言いたい放題ですね。しかも、自分が選考した作家であることから贔屓《ひいき》の引き倒しめいてきた。それでも折々に泉ゆたかから新刊が届く。あまり小説を読まない私が、頁を繰ってしまう。もちろん多少の責任感もあります。けれど〈髪結百花〉を読み、目を瞠《みは》りました。大傑作だ！　もはや泉ゆたかという小説家は上から目線では語れない、自身と同列に考えなければならない、先輩ヅラなどしていられない——と実感しました。

じつは取っつきやすい口当たりのよさのわりに、この作品の奥底をきっちり見透しためには多少の人生経験も必要なのです。けれどそこまで覗《のぞ》きこむことができなくとも、私が『艶』と称した曖昧な気配を、あなたはしっかり感じとることができるでしょう。この作品を手にした、あなたの感性と直感。別格の読者です、あなたは。

ところで、＊夏　＊秋　＊晩秋　＊冬と、それぞれの章立てに附随して季節を書き記しておきました。覚えていますか。

夏。秋。晩秋。そして冬。

四季の移ろいとともに人と人とのつながりの物語は流れていきました。さて、春は？

まだ、春は書かれていません。さあ本を閉じてそっと目を閉じ、瞼《まぶた》の裏側でこの続きを、あなたの春の物語を紡いでください。

真の読書は、本を閉じたときから始まる。そういった作品は、少ない。あなたはよい作品に巡りあいました。きっと、いいことがありますよ。

（はなむら・まんげつ　作家）

本書は、集英社文庫のために書き下ろされた作品です。

泉ゆたかの本

雨あがり　お江戸縁切り帖

手紙を代書する縁切り屋を営むことになった糸。思いに反し温かな別れの数々に直面して……。必ず別れるからこそ、大切にしなきゃいけない縁がある。青春時代小説、新シリーズ開幕。

集英社文庫 目録（日本文学）

伊坂幸太郎 終末のフール
伊坂幸太郎 仙台ぐらし
伊坂幸太郎 残り全部バケーション
いしいしんじ よ は ひ
石川恭三 心に残る患者の話
石川恭三 定年の身じたく 生涯青春！をめざす 医師からの提案
石川恭三 生へのアンコール
石川恭三 医者が見つめた老いを生きるということ
石川恭三 医者いらずの本
石川恭三 定年ちょっといい話
石川恭三 50代からの男の体にズバッと効く本 閑中忙あり
石川直樹 全ての装備を知恵に置き換えること
石川直樹 最後の冒険家
石倉 昇 ヒカルの碁勝利学
石田衣良 エンジェル
石田衣良 娼《しょう》年《ねん》

石田衣良 スローグッドバイ
石田衣良 1ポンドの悲しみ
石田衣良 愛がいない部屋
石田衣良 空は、今日も、青いか？
石田衣良他 恋のトビラ 好き、やっぱり好き。
石田衣良 答えはひとつじゃないけれど 石田衣良の人生相談室
石田衣良 逝《せい》年《ねん》
石田衣良 傷つきやすくなった世界で
石田衣良 REVERSE《リバース》
石田衣良 坂の下の湖
石田衣良 北斗 ある殺人者の回心
石田衣良 オネスティ
石田衣良 爽《そう》年《ねん》
石田雄太 桑田真澄 ピッチャーズ バイブル
石田雄太 イチローイズム
伊集院静 むかい風

伊集院静 機関車先生
伊集院静 宙ぶらん
伊集院静 いねむり先生
伊集院静 愚者よ、お前がいなくなって淋しくてたまらない
伊集院静 琥珀の夢 小説 鳥井信治郎(上)(下)
泉 鏡花 高《こう》野《や》聖《ひじり》
泉ゆたか 雨あがり お江戸縁切り帖
泉ゆたか 幼なじみ お江戸縁切り帖
一条ゆかり 実戦！ 恋愛倶楽部
一条ゆかり 正しい欲望のススメ
一田和樹 天才ハッカー安部響子と五分間の相棒
一田和樹 女子高生ハッカー鈴木沙穂梨と0.02ミリの冒険
一田和樹 内通と破滅と僕の恋人 珈琲店ブラックスノウのサイバー事件簿
一田和樹 原発サイバートラップ
一田和樹 天才ハッカー安部響子と2,048人の犯罪者たち
五木寛之 こころ・と・からだ

集英社文庫　目録（日本文学）

五木寛之　雨の日には車をみがいて
五木寛之　不安の力
五木寛之　新版 生きるヒント1 自分を発見するための12のレッスン
五木寛之　新版 生きるヒント2 今日を生きるための12のレッスン
五木寛之　新版 生きるヒント3 癒しの力を得るための12のレッスン
五木寛之　新版 生きるヒント4 ほんとうの自分を探すための12のレッスン
五木寛之　新版 生きるヒント5 人生にときめくための12のレッスン
五木寛之　歌の旅びと ぶらり歌旅、お国旅 東日本・北陸編
五木寛之　歌の旅びと ぶらり歌旅、お国旅 西日本・沖縄編
伊東乾　さよなら、サイレント・ネイビー 地下鉄に乗った同級生
伊藤左千夫　野菊の墓
いとうせいこう　鼻に挟み撃ち
いとうせいこう　小説禁止令に賛同する
絲山秋子　ダーティ・ワーク
井戸まさえ　無戸籍の日本人
乾ルカ　六月の輝き

乾緑郎　思い出は満たされないまま
犬飼六岐　青藍の峠 幕末疾走録
井上荒野　森のなかのママ
井上荒野　ベーコン
井上荒野　そこへ行くな
井上荒野　夢のなかの魚屋の地図
井上荒野　綴られる愛人
いのうえさきこ　圧縮《ぎゅぎゅっと》！ 西郷どん
井上ひさし　ある八重子物語
井上ひさし　不忠臣蔵
井上光晴　明日 一九四五年八月八日・長崎
井上夢人　あくむ
井上夢人　パワー・オフ
井上夢人　風が吹いたら桶屋がもうかる
井上夢人　the TEAM ザ・チーム
井上夢人　the SIX ザ・シックス

井上理津子　親を送る その日は必ずやってくる
今邑彩　よもつひらさか
今邑彩　いつもの朝に(上)(下)
今邑彩　鬼
伊与原新　博物館のファントム 箕作博士の事件簿
岩井志麻子　邪悪な花鳥風月
岩井志麻子　瞽女《ごぜ》の啼く家
岩井三四二　清佑《せいゆう》、ただいま在庄《ざいしょう》
岩井三四二　むつかしきこと承り候 公事指南控帳
岩井三四二　室町もののけ草紙
岩城けい　Masato
宇江佐真理　深川恋物語
宇江佐真理　斬られ権佐
宇江佐真理　聞き屋与平 江戸夜咄草
宇江佐真理　なでしこ御用帖
宇江佐真理　糸車

集英社文庫　目録（日本文学）

植田いつ子　美智子皇后のデザイナー 植田いつ子 布・ひと・出逢い
上田秀人　辻番奮闘記 危急
上田秀人　辻番奮闘記 二 御成
上田秀人　辻番奮闘記 三 鎖国
植西聰　人に好かれる100の方法
植西聰　自信が持てない自分を変える本
植西聰　運がよくなる100の法則
上野千鶴子　〈おんな〉の思想 私たちは、あなたを忘れない
植松三十里　お江《ごう》流浪の姫
植松三十里　大奥延命院醜聞 美僧の寺
植松三十里　大奥秘聞 綱吉おとし胤《だね》
植松三十里　リタとマッサン
植松三十里　家康の母お大
植松三十里　ひとり白虎 会津から長州へ
植松三十里　会津の義 幕末の藩主松平容保
植松三十里　レイモンさん 函館ソーセージマイスター
植松三十里　徳川最後の将軍 慶喜の本心
内田康夫　浅見光彦豪華客船「飛鳥」の名推理
内田康夫　軽井沢殺人事件
内田康夫　北国《ほっこく》街道殺人事件
内田康夫　浅見光彦 四つの事件 名探偵と巡る旅
内田康夫　名探偵浅見光彦の ニッポン不思議《ミステリアス》紀行
内田洋子　カテリーナの旅支度 イタリア 二十の追想
内田洋子　どうしようもないのに、好き イタリア15の恋愛物語
内田洋子　イタリアのしっぽ
内田洋子　対岸のヴェネツィア
宇野千代　生きていく願望
宇野千代　普段着の生きて行く私
宇野千代　行動することが生きることである
宇野千代　恋愛作法
宇野千代　私の作ったお惣菜
宇野千代　私の幸福論
宇野千代　幸福は幸福を呼ぶ
宇野千代　私の長生き料理
宇野千代　私何だか死なないような気がするんですよ
宇野千代　薄墨の桜
冲方丁　もらい泣き
海猫沢めろん　ニコニコ時給800円
梅原猛　神々の流《る》竄《ざん》
梅原猛　飛鳥とは何か
梅原猛　日常の思想
梅原猛　聖徳太子1・2・3・4
梅原猛　日本の深層 縄文・蝦夷文化を探る
宇山佳佑　ガールズ・ステップ
宇山佳佑　桜のような僕の恋人
宇山佳佑　今夜、ロマンス劇場で
宇山佳佑　この恋は世界でいちばん美しい雨
江川晴　企業病棟

集英社文庫 目録（日本文学）

集英社文庫 目録（日本文学）

大江健三郎 「話して考える《シンク・トーク》」と「書いて考える《シンク・ライト》」
大江健三郎 読む人間
大岡昇平 靴の話 大岡昇平戦争小説集
大久保淳一 いのちのスタートライン
大沢在昌 悪人海岸探偵局
大沢在昌 無病息災エージェント
大沢在昌 ダブル・トラップ
大沢在昌 死角形の遺産
大沢在昌 絶対安全エージェント
大沢在昌 陽のあたるオヤジ
大沢在昌 黄龍の耳
大沢在昌 野獣駆けろ
大沢在昌 影絵の騎士
大沢在昌 パンドラ・アイランド(上)(下)
大沢在昌 欧亜純白ユーラシアホワイト(上)(下)
大沢在昌 烙印の森
大沢在昌 漂砂の塔(上)(下)
大島里美 君と1回目の恋
大島里美 サヨナラまでの30分 side：ECHOLL
大城立裕 焼け跡の高校教師
大城立裕 レールの向こう
太田和彦 ニッポンぶらり旅 宇和島の鯛めしは生卵入りだった
太田和彦 ニッポンぶらり旅 アゴの竹輪とドイツビール
太田和彦 ニッポンぶらり旅 熊本の桜納豆は下品でうまい
太田和彦 ニッポンぶらり旅 北の居酒屋の美人ママ
太田和彦 ニッポンぶらり旅 可愛いあの娘《こ》は島育ち
太田和彦 ニッポンぶらり旅 山の宿のひとり酒
太田和彦 おいしい旅 錦市場の木の葉丼とは何か
太田和彦 おいしい旅 夏の終わりの佐渡の居酒屋
太田和彦 おいしい旅 昼の牡蠣そば、夜の渡り蟹
太田和彦 東京居酒屋十二景
太田和彦 町を歩いて、縄のれん
太田和彦 風に吹かれて、旅の酒
太田光 パラレルな世紀への跳躍
大竹伸朗 カスバの男 モロッコ旅日記
大谷映芳 森とほほ笑みの国 ブータン
大槻ケンヂ わたくしだから改
大橋歩 くらしのきもち
大橋歩 おいしい おいしい
大橋歩 テーブルの上のしあわせ
大橋歩 日々が大切
大前研一 50代からの選択 ビジネスマンは人生の後半にどう備えるべきか
大森寿美男 重松清・原作 アゲイン 28年目の甲子園
岡崎弘明 学校の怪談
岡篠名桜 浪花ふらふら謎草紙
岡篠名桜 見ざるの天神さん 浪花ふらふら謎草紙
岡篠名桜 雪の夜明け 浪花ふらふら謎草紙
岡篠名桜 芝居巡り 浪花ふらふら謎草紙

集英社文庫

幼《おさな》なじみ　お江戸縁切り帖《えどえんきちょう》

2021年8月25日　第1刷　　定価はカバーに表示してあります。

著者　泉《いずみ》　ゆたか
発行者　徳永　真
発行所　株式会社　集英社
東京都千代田区一ツ橋2-5-10　〒101-8050
電話　【編集部】03-3230-6095
【読者係】03-3230-6080
【販売部】03-3230-6393（書店専用）

印刷　凸版印刷株式会社
製本　凸版印刷株式会社

フォーマットデザイン　アリヤマデザインストア　　マークデザイン　居山浩二

ISBN978-4-08-744291-5 C0193